KB119808

그냥 좋으니까 좋아

그냥 좋으니까 좋아

조유미 지음

지금
이 순간의
내 행복

위즈덤하우스

내가 나에게 가장 주고 싶은 말

어렸을 때는 '그냥'이라는 단어를 싫어했다.

내가 왜 좋은지, 그게 왜 좋은지, 이것보다 저게 왜 더 좋은지
좋아하는 것에 납득할 만한 이유가 없으면
왠지 좋아하지 않는 것처럼 느껴져서,
무심히 툭 던진 "그냥 좋아해"라는 말은 성의 없어 보였다.

그런 내 생각을 바꾼 건 어떤 회사 대표님의 질문이었다.

"7년 차라고요? 글 쓰는 거 정말 좋아하시나 봐요! 글 쓰는 건 어떤 점이 좋아서 하시는 거예요?"

깊게 고민해봤지만 마땅한 대답이 생각나지 않아서 멋쩍게 대답했다. "다른 일을 하고 싶다는 생각이 안 들어서 계속하고 있는 것 같아요." 그분은 대답이 너무 조촐한 거 아니냐며 보채셨지만, 이어진 질문에도 뜨뜻미지근한 말투로 "그냥요. 그냥 좋아서 해요"라며 대화를 맺었다. 대표님은 조금 더 구체적인 대답을 원한다는 눈빛을 보내셨지만 더 해드릴 말씀이 없었다. 머릿속에서 좋아하는 이유를 쥐어짜내려 해도 마른 수건일 뿐이었으니까.

평소에 '그냥'이라는 단어를 잘 안 쓰는데 왜 이 질문에서 갑자기 '그냥'이 나왔을까? "이유가 필요하지 않을 만큼 좋아서였구나!" 내 마음을 스쳐간 느낌표였다.

'그냥'이라는 말이 무성의하게 보이긴 하지만, 돌이켜보면 실생활에서 '그냥'이라는 단어가 의외로 쉽게 쓰이지 않는다.

한두 가지 정도로 이유를 댈 수 있는 건 간단히 설명해주고 끝내지만, 말로 전부를 표현할 수 없을 만큼 마음이 클 때는 '그냥'이라는 수식어를 붙였던 것 같다. 두 글자 안에 백 가지의 마음이 함축되어 있어야 쓸 수 있을 만큼 '그냥'은 꽤 까다로운 단어였다.

한동안 '자존감'이라는 키워드가 우리 삶을 휩쓸었다. 나도 분위기를 타고 한창 자존감에 관심이 많아져서 '나'를 지키기 위한 노력을 많이 했다. 그때도 어김없이 이유를 찾아서 자존감 곁에 붙여줬다. 그런데 이상하게도 내심 불안했었다. 합리적인 이유를 입혀서 스스로를 소중하게 여겼는데도 어딘가에 구멍이 난 듯 마음이 조금씩 새는 느낌을 지울 수가 없었다. 지금까지는 그 원인을 몰랐는데 대표님과의 대화를 통해 알게되었다. 이유를 붙이면 붙일수록 그 모습을 계속 갖고 있어야만 할 것 같은 강박이 들어서였다. 그 모습을 잃으면 이유 또한 잃게 되니까 초조할 수밖에 없지 않았을까.

어쩌면 내가 나에게 듣고 싶어 했던 말은 "그게 뭐든 너라면 그냥 좋아"였을지도 모르겠다. 진실로 좋아하는 건 마음에 화살이 날아들어 단번에 꽂혀버린 거라 이유 같은 건 존재할 틈도 없을 테니 말이다.

무언가를 좋아하는 데는 많은 이유가 필요하지 않았다.

정말로 좋아하는 건 이유를 댈 수 없을 정도로 내 전부를 차지해버리니까.

그래서 이 문장이 오늘의 나에게 전하고 싶은 가장 솔직한 진심이다.

"그냥 좋으니까 좋아."

Prologue 　내가 나에게 가장 주고 싶은 말 · 4

1　내가 나라서 참 다행이야

모르는 길, 아는 길 · 15

빨리 이루지 못하니까 꿈이다 · 18

후 불어 마음 식히기 · 20

몰라도 괜찮은 것 · 22

◇ 너는 혼자가 아니다 · 25

오늘 하루가 X였더라도 · 26

그럴 수도 있지 · 28

방 꾸미기 같은 거라고 생각해 · 30

행운을 가질 만큼 노력한 사람 · 32

좋은 일도, 나쁜 일도 · 34

◇ 쉽게 가는 주인공은 없다 · 36

언제나 지금이 가장 예쁠 나이 · 37

대충 열심히 살겠습니다 · 40

"근데 듣기 좋잖아요" · 43

◇ 틀리지 않았다 · 46

나중 일은 나중에 · 47

마무리할 수 있는 용기 · 50

포기하며 산다 · 52

생각이 단단한 사람 · 55

◇ 우리의 지금은 계속 아름다울 테니까 · 57

2

세
상

가
장

소
중
한

나
에
게

바나나 우유가 없으면 초코 우유 · 61

도전이 두려운 내 마음에게 · 63

마음이 익을 때까지 · 65

뒷담화에 대처하는 방법 · 67

◇ 피어날 꽃은 피어난다 · 70

마음도 '완국' 해주세요 · 71

나를 위해 잊어주기 · 73

사랑은 적금처럼 · 76

◇ 혼자 있을 때도 평안한 사람 · 78

보이지 않는다고 해서 없는 건 아니다 · 80

나를 사랑하는 법 3단계 · 82

그렇게까지 해야 되는 일은 없다 · 85

정 많은 성격으로 살아남기 · 87

◇ 할 만큼 했다 · 90

나에 대해 알아주세요 · 92

단어조차 떠오르지 않을 만큼 · 94

사과를 따는 것 · 96

너를 못 믿어서 가라앉는 거야 · 99

찰떡 메이크업 · 102

◇ 충분히 잘 살고 있습니다 · 104

3

마음이 마음대로 되면 얼마나 좋을까

한 팩에 담긴 딸기 · 107

인생의 지도 · 110

행복의 기준 · 112

걱정을 분류하는 연습 · 114

◇ 나를 좋아하지 않는 사람은 나도 좋아하지 않기로 했다 · 116

내 안의 보석을 잃어버린 것만 같을 때 · 117

꿈은 이루어진다 · 119

힘이 들 땐 천천히 숨을 쉬어봐 · 122

일반인으로 사는 게 왜 이렇게 어려운 건지 · 124

◇ 나는 그냥 나 · 126

진짜 내 마음을 지키는 법 · 128

편하게 잠들지 못하는 마음에게 · 130

나를 가둬둔 사람 · 133

만지면 물 거야 · 135

◇ 수도꼭지 · 138

정답이 없는 문제는 틀릴 수 없다 · 140

특별한 이유 없이 · 143

한 사람이 성장하며 나아가는 것 · 145

내 마음만 의연할 수 있다면 · 147

◇ 삶의 온도 · 150

4

흘
러
가
는

대
로

홀
가
분
하
게

참는 게 이기는 거야 • 153

이해가 안 되면 일단 외워 • 156

따뜻한 물을 넣어주세요 • 159

관계를 오래 유지하는 비법 • 161

◇ 지금 이 순간의 내 행복 • 163

출근길 버스에서 쪼그려 앉기 • 165

0퍼센트의 확률을 가진 소원 • 168

함부로 단정 짓지 말 것 • 170

마지막이 아닐 테니까 • 172

◇ 나는 내 편 • 175

교차로에 선 너에게 • 176

마음이 보내는 신호 • 179

남들이 이해하지 못해도 괜찮다 • 181

상처받은 건 진심을 다했기 때문이었다 • 184

◇ 네가 이긴 거야 • 186

실패한 인간관계 • 187

인생의 덫 • 189

내 마음의 욕심쟁이 • 191

무모한 줄 알면서도 무모하게 사랑하겠다 • 193

◇ 괜찮은 이유 • 195

5
그
냥
좋
아
서

네가 나빠서 잘못된 게 아니야 · 199

마음에 든 멍 · 203

시간이 필요한 일 · 205

◇ 내 눈물이 너에게 위로가 된다면 · 209

미로의 탈출구 · 211

전부가 아니다 · 213

내 마음이 좋다고 하는 길 · 215

돈을 벌고 싶은 걸까 꿈을 꾸고 싶은 걸까 · 217

◇ 숫자로 재지 말아야 하는 것 · 221

짊어질 수 있을 만큼만 짊어져도 괜찮아 · 222

추억은 평생 갑니다 · 224

무례의 기준 · 227

나는 그 자리에 머물러 있지 않다 · 230

◇ 굳은살 · 232

사랑만 받으며 살 수는 없는 거겠죠 · 233

우리에게 다음이 없을 수도 있음을 안다면 · 235

나를 지켜주는 의미 · 237

불안하지만 불안하지 않다 · 239

◇ 결국 우리는 사랑하고 있다 · 241

1

내
가
나
라
서
참
다
행
이
야

모르는 길, 아는 길

집에서 1킬로미터 정도 떨어진 카페에서 약속이 잡혔다. 걸어가기에 가까운 거리는 아니었지만 큰길을 건너 일자로 쭉 가기만 하면 되는 쉬운 길이라서 걸어가도 되겠다는 판단이 섰다. 외출 준비를 끝내고 집을 나서 카페로 향했다.

한 15분 정도 걸었을 때, 불안한 느낌이 들었다. '반대 방향으로 왔나?' 지금쯤이면 도착해야 할 것 같은데 그럴 기미가 보이지 않았다. 여러 의심이 들었지만 지도는 그냥 쭉 가면 나온다고 말해주고 있어서 어쩔 수 없이 카페의 간판이

나올 때까지 걸어보기로 했다. 다행히도 몇 걸음 더 걸으니 내가 찾던 카페가 보였고, 무사히 약속에 참석할 수 있었다.

볼일을 끝낸 뒤 카페를 나오면서 '걷기엔 너무 멀다. 다음엔 버스 타고 와야겠다'라고 생각했다. 그런 생각을 하며 왔던 길을 그대로 따라서 집으로 돌아갔는데, 시계를 보니 17분 정도밖에 걸리지 않았다. 평소에 15분, 20분 거리는 자주 걸어 다니는 나라서 좀 의아했다.

'고작 17분 거리인데 왜 이렇게 멀게 느껴졌지?'

답은 어렵지 않게 찾을 수 있었다. 집에서 카페까지 가는 길은 처음 가보는 길이기 때문이었다. 방향에 대한 확신을 갖지 못해서 불안해진 마음이 한몫 거들었다. 반대로, 카페에서 집까지 갈 때는 이미 아는 길이라 걸으면서 남은 거리를 어림짐작할 수 있으니 가깝게 느껴진 것이다.

내 목표가 멀게만 느껴지는 이유도 이와 같다. 처음 살아보는 인생이라 내 인생의 결말을 아무도 모르기 때문에, 내가 목표를 이룰 수 있을지 없을지 모르기 때문에. 모르니까 더 멀게 느껴지는 것이다.

'내가 무사히 도착할 수 있을까?'

'내가 길을 잘 찾을 수 있을까?'

걱정이 앞설수록 길은 더 멀게 느껴진다.

실패하면 마음이 아플 게 뻔해서 목표를 향해 달려갈 때 설레는 마음보다 두려운 마음이 더 클 수도 있다.

하지만 이왕 시작한 일이라면

되돌아갈 수 없는 거라면

어차피 해야 하는 거라면

스스로를 믿고 우직하게 걸어가자.

밀려오는 불안감을 걷어내고

우직하게 내 할 일을 하다 보면

생각했던 것보다 더 빨리 목적지에 도착해 있을 것이다.

빨리 이루지 못하니까 꿈이다

'작은 한라산'이라는 별명을 가진 제주도의 어승생악에 갔었다. 정상에 올라가서 아래를 내려다보는데, 마치 세상이 멈춰 있는 것 같았다.

그렇게 많던 자동차들, 사람들.

시끌시끌 바글바글하게 움직이던 것들은 잘 보이지 않고 논밭, 들판, 우거진 나무들만 눈에 들어왔다. 가까이에서 볼 때는 지저분한 풀처럼 보이던 것들이 멀리서 보니까 오히려 하나의 그림처럼 보였다.

사람 마음도 그런 것 같다. 눈앞에 있는 것만 보면 마음이 분주하고 조급해지기 쉽다. 자동차도 쌩하니 지나가버리고, 사람들도 금방 지나가버리니까.

하지만 높은 곳에서 멀리 보면 세상 모든 게 고요하게 느껴진다. 시속 100킬로미터로 달리는 자동차도 멀리서 보면 느릿느릿 움직이는 것처럼 말이다.

마음이 조급해질 때는 일부러라도 멈춰 서서 멀리 보는 연습을 해보자. 빨리 이루고 싶지만 빨리 이루지 못하기에 '꿈'이라고 부르는 것이다. 내 마음처럼 쉽게 다 되는 것이었다면 아마 꿈이라고 부르지 않았을 것이다. 나를 믿고 시간을 기다려주자.

차곡차곡 쌓아간 시간들은

나를 배신하지 않는다.

후 불어 마음 식히기

갓 나온 녹차를 마시려는데 너무 뜨거워서 델 뻔했다.

"앗, 뜨거워!" 소리치며 찻잔을 얼른 입에서 뗐다. 그러고는 차를 잠깐 탁자 위에 내려놓고 식을 때까지 기다렸다.

한 3분쯤 지났나, 다시 차에 입을 대보니 마시기 딱 좋을 만큼 살짝 식어 있었다. 그 덕분에 차를 기분 좋게 마실 수 있었다. 만약 식히지 않고 뜨거운 채로 마셨다면 입안을 전부 뎄을 거다. 혓바닥과 입천장의 감각이 둔해졌을 테고, 다른 음식을 먹을 때도 아팠을 것이다.

내 마음이 스트레스로 가득 차서 너무 뜨거울 때는 마음을 잠깐 내려놓고 '후' 하고 불어 식혀주자. 식히지 않고 그대로 삼키면 몸이 데니까.

지금 당장은 다른 이상이 없어 보여도 결국 병이 나기 마련이다. 아무리 좋고 필요한 일이라도, 내 건강을 해치면서까지 해야 될 일은 없다.

아주 잠깐이라도 내려놓자. 살짝 식은 마음으로 기분 좋게 일을 해야 좋은 결과물이 나온다.

내 마음의 적정 온도를 알아야

내 하루가 상하지 않는다.

몰라도 괜찮은 것

　우리 집 강아지는 유기견이다. 강아지를 임시 보호하고 있던 가정에서 데려온 터라 어떻게 유기견이 되었는지 자세한 사연은 모른다. 공장 근처에서 발견되었다는 것만 알고 있다.

　혹시 트라우마는 없는지, 앓고 있는 질환이 있는지, 좋아하는 것과 싫어하는 건 무엇인지 정도만 물어보고 다른 건 묻지 않았다. 그 외의 것은 내가 이 강아지를 키우는 데 필요한 정보가 아니었기 때문이다.

6년 동안 강아지를 키우면서 '이 강아지는 대체 뭘 잘못했길래 버려진 걸까?'라는 생각을 단 한 번도 해본 적이 없다. 그저 건강하기를, 트라우마를 겪지 않기를, 잘 먹고 잘자기를 바랄 뿐이었다. 설령 버려진 이유가 명확하게 있다 하더라도 그런 건 궁금하지 않았다. 나는 이 아이를 지금 모습 그대로 사랑하기 때문이다.

우리도 살아가면서 버림받는 경험을 종종 한다. 사람에게서, 회사에게서, 사회에게서 때로는 버려지고 상처를 받는다. 그럴 때 우리는 버려진 것을 모두 내 탓으로 돌린다. 내가 못나서, 내가 잘못해서, 내가 부족해서 등의 이유를 찾는다.

버려진 이유가 실제로 내 탓일 수도 있고 아닐 수도 있지만, 누군가를 진심으로 사랑해주는 사람은 버려졌던 이유가 그 사람의 잘못인지 아닌지는 상관하지 않을 것이다.

그저 사랑하는 사람이 늘 건강했으면 좋겠고, 이번 일이 트라우마로 남지 않았으면 좋겠고, 잘 먹고 잘 자기를 바랄 뿐일 거다.

버림받은 기억이 있다고 해서 모든 걸 포기하지 않았으면
한다. 우리 집 강아지가 버림받았던 경험 때문에 여전히 스
스로를 채찍질하고 있다면 나는 마음이 너무 아플 것 같다.
나는 버려진 이유가 궁금하지 않을 만큼 그 아이를 사랑하
고 있으니까. 그 아이가 사고를 쳐도 좋고 아무것도 안 해도
좋으니 건강하게 지내주기만 바라고 있으니까.

너를 진심으로 사랑하는 사람도

나와 같은 마음일 것이다.

너는 혼자가 아니다

네가 얼마나 열심히 준비했고, 네가 얼마나 열심히 노력
했는지 다른 사람은 몰라도 나는 알아. 그러니 자신감
잃지 말고 너는 너로서 나아가면 돼.

결과만 봤을 때는 좀 못했을 수도 있지. 근데 뭐 어떡하
겠어. 일부러 못하고 싶어서 못한 것도 아니고, 열심히 했
는데도 잘 안 된 건데. 나는 부족한 너도 좋아. 부족한 게
있다는 건 그만큼 다른 걸로 채울 공간이 있다는 거니까.

빈틈을 차곡차곡 채워가는 네 모습도 볼 수 있으니 그건
그것대로 의미가 있다고 생각하자. 기죽지 말자.
다시 시작하면 돼. 너는 혼자가 아니니까.

오늘 하루가 X였더라도

한 연예인이 금연에 성공하기 위해 보건소의 금연 클리닉을 찾았다. 보건소 상담 선생님이 이것저것 설명해주신 다음 금연 수첩을 건네주었는데, 그 수첩은 자신이 오늘 담배를 피웠는지 안 피웠는지 체크하는 6개월짜리 달력 같은 것이었다. 하루 동안 담배를 하나도 안 피웠으면 동그라미, 어쩌다 한 개피 얻어 피웠으면 세모, 예전처럼 많이 피웠으면 엑스로 표시한다.

금연 수첩을 작성할 때 중요한 점이 있다고 했다. 수첩에 엑스 표시를 했을 때 금연에 실패했다고 생각하며 바로 포기하지 말 것. 오늘은 엑스로 표시했지만 다음 날에 다시 동그라미로 만들 생각을 하는 게 더 중요하다는 것. '금연하려고 했는데 오늘 피워버렸네. 에라 모르겠다. 그냥 때려치워' 하며 한 번의 실패로 완전히 포기해버리는 사례가 많기 때문이라고 한다.

살다 보면 동그라미인 날도 있고 세모인 날도 있고 엑스인 날도 있다. 하지만 그건 단지 오늘 하루일 뿐이다. 오늘이 동그라미였다고 해서 내일도 또 동그라미가 된다는 보장이 없는 것처럼 오늘이 엑스였다고 해서 내일도 엑스가 된다는 법칙은 없다.

오늘 하루의 일로

너무 기죽거나 완전히 돌아서버리지 말자.

내일은 동그라미로 만들어주면 되니까.

그럴 수도 있지

그럴 수도 있다. 아무리 애써도 내 한계를 확인하는 일밖에 되지 않을 수도 있고, 밤낮없이 일해도 나의 최선을 아무도 알아주지 않을 수도 있다. 가장 믿었던 가족이 나를 배신해서 절망에 빠뜨릴 수도 있고, 오랜만에 연락 온 반가운 친구가 다단계를 권유해서 나를 허탈하게 만들 수도 있다.

통장 잔고가 얼마 남지 않아서 자존심이 바닥을 칠 수도 있고, 갖고 있던 것을 다 버리고 단칸방으로 들어가야 할 수도 있다. 인생은 예측할 수 없으니까.

그래서 인생은 전부 '그럴 수도 있는 것'이다.

나에게 찾아온 불행에 "이건 말도 안 돼. 그럴 수는 없어"라고 튕겨버리면 현실을 받아들이지 못해 나락으로 떨어지기 쉽다. 하지만 "그럴 수도 있지"라는 문장으로 담담하게 받아들인다면 바닥으로 떨어질 때 충격을 흡수해준다. 말도 안 되는 일이 벌어진 게 아니라 그럴 수도 있는 일이 벌어진 것이니 처음엔 당황스럽더라도 금방 훌훌 털고 일어날 수 있다.

안 좋은 일이 찾아왔을 때에는 "그럴 수도 있지" 하며 수용하는 태도를 가져보자.

그럴 수도 있지.

좋은 일만 일어날 수는 없는 거지.

그건 환상인 거지.

방 꾸미기 같은 거라고 생각해

우리는 어렸을 때부터 "커서 뭐가 될 거야?" "꿈이 뭐야?"라는 질문을 들으며 자란다. 돌잔치를 할 때부터 이 아이가 어떤 사람이 '될'지 돌잡이로 점쳐볼 정도니까. 그래서인지 우리는 무언가가 '되기' 위해 태어난 것 같은 느낌을 받곤 한다.

인생의 기준도 된다, 안 된다로 세운다.

어디에 합격이 되었는지, 어떤 직업인이 되었는지, 연봉은 얼마나 되었는지. 그래서 되면 성공한 인생이고, 안 되면 실패한 인생 취급을 한다.

하지만 우리는 무언가가 되기 위해서 태어난 것이 아니다. 무언가가 되는 건 내 인생에 들어가는 하나의 요소일 뿐이다.

방을 꾸미는 것과 비슷하다. 내 방에 침대가 있을 수도 있고 없을 수도 있고, 벽지가 단조로울 수도 있고 화려할 수도 있고, 깨끗할 수도 있고 지저분할 수도 있고, 좁을 수도 있고 넓을 수도 있다.

무언가가 되지 않았다고 해서

스스로를 폄하하지 말자.

우리는 그저 살아가면 된다.

무언가가 되는 게 중요한 게 아니다.

우리는 무언가가 되기 위해서 태어난 것이 아니니까.

행운을 가질 만큼 노력한 사람

건너 건너 아는 사람이 하던 일이 잘되어서 대박을 쳤다는 소식을 들은 날이었다. 축하하는 마음이 30퍼센트, 부러워하는 마음이 70퍼센트였다. 무엇보다 정말 솔직하게, 의아했다. 그렇게까지 잘될 건 아니었던 것 같은데 잘나간다니 운이 좋았구나 싶었다.

한 달 뒤, 다른 모임에서 그 사람의 이야기가 또 나왔다. 그런데 처음 들었던 이야기와는 조금 다른 분위기였다. 그 사람이 그 한 번의 대박을 치기까지 여덟 번을 말아먹었고,

진짜 마지막이라는 심정으로 공을 들였는데 드디어 대박이 났다는 것이었다. 몇 년 동안 단 한 번의 휴가도 가지 않은 채 대한민국 방방곡곡을 돌아다녔고, 죽어라 애쓴 결과물이 이번의 성공이었다.

그 이야기를 듣고 나니까 부러웠던 마음이 싹 사라졌다. 남들은 한 번의 실패에도 크게 좌절하는데, 여덟 번의 실패를 겪었을 그 사람의 마음을 짐작할 수 있어서였다. 마냥 부러워했던 내가 부끄러웠다.

누군가에게 부러운 마음이 든다면 그 사람이 겪어온 과정을 헤아리려 해보자. 그 사람이 짊어졌을 무게를 안다면 쉽게 부러워하지 못한다. 행운도 따라줬겠지만, 분명히 행운을 가질 만큼 노력한 사람일 것이다.

부러워 말고 축하해주자.

우리 모두 각자의 힘듦을 안고 노력하며 사니까.

좋은 일도, 나쁜 일도

어느 날 좋은 일이 생겼다. 너무 기뻐서 하루 종일 날아다녔다. 그리고 며칠 뒤 나쁜 일이 생겼다. 너무 속상해서 하루 종일 우울해했다.

좋은 일이 생기면 기뻐하고 나쁜 일이 생기면 속상해하는 건 자연스러운 일이지만, 살면서 생기는 일 하나하나에 반응하면 드롭 타워를 타는 것처럼 기분이 오르락내리락한다.

평생 좋은 일만 있으면 좋겠지만 그럴 수 없는 게 인생이다. 좋을 때 날아다니고 나쁠 때 곤두박질치면, 좋은 일이 다가와도 나중에 나쁜 일로 곤두박질칠까 봐 좋은 일이 생기는 것마저 두려워진다.

'오늘은 이렇게 좋지만 나중에 나쁜 일이 생기면 훨씬 우울해지겠지.'
'이 행복도 금방 부서지겠지.'
그러면 즐거운 상황도 즐기지 못하게 된다.

좋은 일이든 나쁜 일이든, '오늘'만 놓고 보자면 엄청 큰 사건이지만 인생 전체를 놓고 보면 아주 작은 일이다. 좋은 일도 나쁜 일도 다 지나간다.
그렇게 흘러가는 게 인생이니까.

흘러가는 걸 붙잡고 있는 건 오직 내 기억뿐이다.

좋은 일도, 나쁜 일도 적당히 지나가도록 내버려두자.

계속 떠올리면 흘러가지 않는 법이다.

쉽게 가는 주인공은 없다

많은 사람이 탄탄한 스토리 속에서 빛나는
드라마의 주인공을 부러워한다.
하지만 그 사실을 잊으면 안 된다.
주인공은 엄청난 고난과 역경 속에서
1리터의 눈물을 흘린 뒤에야 빛을 본다는 것을.

그러니 내가 지금 너무 힘들어서
갈피를 못 잡고 헤매는 중이라면
'주인공이라서 이토록 힘들구나'라고
가볍게 웃으며 버텨보자.

쉽게 가는 주인공은 없으니까.

언제나 지금이 가장 예쁠 나이

업무를 끝내고 집에 가는데 교복을 입은 학생들이 우르르 모여 수다를 떨고 있었다. 그 모습을 보니 '마냥 이유 없이 예쁘다'는 생각이 들었다. 그러자 나 자신이 되게 늙은 것처럼 느껴졌다. 나는 다시 돌아가지 못할 시간을 저 학생들이 살고 있는 것 같아서 부럽기도 했고.

나는 이미 돌이킬 수 없는 강을 건너버렸다는 생각에 우울해졌다. 무엇 하나 새로울 것 없는, 이미 다 정해져버린 삶을 살아야 한다고 느껴 무기력해지기도 했다.

그런데 내가 저 학생들의 나이였을 때는 "빨리 어른이 되고 싶다, 회사 들어가서 돈 벌고 싶다"며 어른들을 부러워했었다. 빨리 시간이 흘러서 무언가가 정해진 인생을 살고 싶어 했다.

이렇게 놓고 보니 참 묘했다. 학생은 어른을 부러워하고, 어른은 학생을 부러워하고. 서로의 시간을 부러워하니 말이다.

학생 때는 빨리 성인이 되고 싶어 하고, 성인이 되고 나니 교복을 입고 싶어 한다. 대학에 들어가니 얼른 취업하려 하고, 취업을 하니 다시 학생 때로 돌아가길 원한다. 나이가 차니 결혼을 바라고, 결혼을 하니 혼자 있는 걸 더 편해한다.

어린 자녀를 둔 부모는 다 큰 자녀를 둔 부모를 부러워하고, 다 큰 자녀를 둔 부모는 어린 자녀를 둔 부모를 부러워한다. 이렇게 우리는 자신이 가지지 못한 시간을 갈망하며 산다.

그러니 가장 예쁠 나이라는 건

따로 정해져 있지 않은 것이다.

지금이 가장 예쁠 나이다.

나의 오늘은 내 인생에서 가장 신선한 시간이다.

대충 열심히 살겠습니다

　너무 잘해내고 싶은 마음에 열과 성을 다했더니 몸이 많이 상해서 대학병원의 문턱까지 넘었다. 특별한 가족력도 없고 술도 안 마시고 담배도 안 피우고 커피도 안 마시는데 몸이 이렇게까지 나빠진 거면 신경성이 원인일 가능성이 크다고 의사가 말했다.

　잘해내고 싶어서 열심히 했는데 일을 할 수조차 없는 상태가 되어버렸다. 아주 어렸을 때 빼고는 아파서 울었던 적은 없었던 것 같은데, 통증이 느껴질 때마다 억울해서 눈물이 났다. 아파서 제대로 일도 못하고 있는데 열심히 해서 뭐 하나. 다 가져보려다가 다 잃게 생겼으니 말이다.

"조금은 대충 하셔도 괜찮을 것 같아요. 너무 열심히 해서 아프신 거니."

의사가 조금은 대충 하라고 처방을 내려줬지만 성격을 하루아침에 고칠 수 있을 리는 없었다. 잘하고 싶은 욕심을 버리기란 쉽지 않았다. 그래서 열심히 하되 대충 하기로 했다. 말도 안 되는 말이지만 그게 나의 최선이었다.

예를 들면, 예전에는 한두 번 읽고 넘어가도 되는 걸 열 번씩이나 읽었다면 이제는 딱 세 번만 읽는 거다. 한두 번만 읽고 넘어가는 건 불안하니 그것보다 한 번은 더 읽으며 열심을 다하되, 예전처럼 과하게 열 번씩 퇴고하지는 않는 것이다.

대충 열심히 하기로 했더니 6개월이나 약을 먹어도 낫지 못했던 병이 약을 끊어도 괜찮은 순간까지 왔다. 빈 약 봉투를 보며 속으로 읊조렸다. '그놈의 열심히가 문제였구나.' 열심히 안 하면 낙오될 것만 같은 사회 분위기 때문에 열심히 하다가 나를 잃을 뻔했다.

어떤 일이나 순간을 대충 지나치지 못해 괴로워하고 있는 사람들에게 내가 들은 의사의 말을 그대로 전해주고 싶다.

"조금은 대충 하셔도 괜찮을 것 같아요. 너무 열심히 해서 아프신 거니."

덧붙여서, 대충 하는 것도 성격적으로 잘 안 되는 사람들에게는 내가 마음속에 열심히 썼던 문장을 전해주고 싶다.

"너무 열심히 하려고 하지 말고 대충 열심히 하자."

"근데 듣기 좋잖아요"

텔레비전에 나오는 오디션 프로그램을 보고 있었다. 한 소녀가 기타를 치며 노래를 부르는데, 심사위원 세 명이 감탄을 했다. 노래가 끝나고 난 뒤 심사위원들은 소녀에게 칭찬을 아끼지 않았다. 그러곤 한 심사위원이 소녀에게 물었다. 화성학을 아느냐고, 코드를 배워본 적이 있냐고.

그랬더니 소녀는 "아니요"라고 대답했다.
그 대답을 듣고 심사위원이 한 번 더 물었다.
"자신이 친 코드를 몰라요?"

질문에 대한 소녀의 대답을 듣고 온몸에 소름이 돋았다.

"몰라요, 근데 듣기 좋잖아요."

아주 심플한 대답이었지만 멋부리지 않은 진심에 감탄이 절로 나왔다.

그 소녀를 보며 반성했다. 하던 일이 잘 안 풀려서 복잡하게 머리만 굴리고 있던 때였다. 남들 따라서 해야 하는 건가, 이미 잘된 것들의 후발 주자로 가야 하는 건가, 내 길이 아닌 건가, 타이밍을 더 재봐야 하나……

분명히 정말 해보고 싶어서 시작한 일이었는데 그때의 나는 초반의 감정은 보이지도 않고 오로지 '성공'에 눈이 멀어 머릿속으로 계산기만 두드리고 있었다.

그런데 그 소녀의 "근데 듣기 좋잖아요"라는 말이 계산기를 내다 버리게 만들었다. 나도 그런 일을 해야겠다는 생각이 들었다.

누군가가 이 일을 왜 하냐고 물어봤을 때,

"돈 벌려고" "어쩌다 이 회사에 들어와서"

"해야 되니까 하는 거지" 하는 게 아니라

"그냥 좋아서"라고 대답할 수 있는 일 말이다.

그냥 좋아서 하는 일이 나를 살아 숨 쉬게 해줄 것 같으니까.

누군가 나에게 말해줬으면 좋겠다.

너는 틀리지 않았다고.

맞게 가고 있다고.

비록 지금은 힘들지만 결국 웃게 될 거라고.

누군가 나에게 그렇게 말해준다면

나는 다시 일어서서 힘낼 수 있을 것만 같은데.

나중 일은 나중에

    대만 여행을 계획하다가 문득 걱정이 들었다. 중국어는 '이, 얼, 싼, 쓰', '니하오', '씨에씨에'밖에 모르는 상태였기 때문이다. 나는 해외여행을 갈 때 유심칩을 사지 않는다는 원칙을 갖고 있어서, 모르면 무조건 현지인에게 물어봐야 하는데 대화가 통할까 걱정이었다.

    '부족한 내 영어를 알아들어줄까?'
    '영어로 물어봤는데 중국어로 대답하면 어떡하지?'
    대만 사람들이 친절하기로 유명하다지만, 아무리 친절해

도 내가 말귀를 못 알아들으면 소용이 없으니까 불안했다.

　하지만 그런 나의 걱정은 기우였다. 영어로 물어보면 대부분 영어로 대답해줬다. 문장을 완벽하게 만들어서 전달하지 않아도 서로 눈치껏 알아듣고는 씨익 웃었다.

　영어를 못 하시는 분은 핸드폰으로 번역 앱을 켜서 내 말을 이해하려는 노력까지 해주셨다. 가장 걱정이었던 버스 타는 일도, 기사님께 미리 말씀드렸더니 내려야 될 정류장에 도착했을 때 손짓으로 알려주셨다. 덕분에 일주일 동안 단 한 번도 길을 잃지 않고 무사히 여행을 마쳤다.

　이쯤 되니 미리 걱정하는 게 내 자만이 아니었을까 하는 생각이 들었다. 아무리 촘촘하게 경우의 수를 따져놓아도 예상치 못한 난제가 발생하는 게 인생이니까.
　나중 일은 나중에 가서 생각하기로 했다. 걱정은 불안만 키울 뿐이니 미리 걱정하는 습관을 차차 내려놓기로 했다.

내 소망이 100퍼센트 실현되지 않듯,

내 걱정도 100퍼센트 실현되지 않는다.

나중 일은 나중에 생각하자.

아직 아무 일도 일어나지 않았다.

마무리할 수 있는 용기

불면증을 앓던 때가 있었다.

일을 마치고 누우면 또 일 생각이 났다. 아까 했던 일 중에 부족했던 점, 내일 해야 될 일 중에 지금 해두면 좋을 것 같은 일들이 자꾸 떠올라 피곤해도 잠들지 못했다. 그러다 결국 잠들기를 포기하고 침대에서 내려와 불을 켜고 일을 했다.

나는 그때 내가 일중독 때문에 불면증을 앓은 줄 알았다. 그런데 지금 돌이켜보면 마음이 불편해서였던 것 같다. 어딘가 부족하다는 느낌을 지울 수가 없었고, 내 결과물이 최선으로 느껴지지 않아 아무리 일을 많이 해도 마음을 편하게

놓지 못했다. 나는 일중독 때문이 아니라 '나의 최선'에 만족
하지 못해서 잠들지 못했던 것 같다.

최선에 최선을 더하고, 또 그 최선에 최선을 더해서 발전
해나가는 게 우리의 인생이다. 한 번에 쑤욱 클 수는 없다.
키도 자고 일어나야 크는 것처럼 나의 성장에도 시간이 필
요하다.

오늘 하루도 나는 충분히 고생했다.
여기서 이만 내려놓고 마무리할 수 있는 용기를 내보자.
내일은 또 내일의 최선이 기다리고 있을 테니,
이제 그만 마음을 내려놓자.
잘 쉴 줄도 알아야 내가 좋아하는 일을 오래 할 수 있다.

오픈 시간과 마감 시간을 지키며 운영하는 가게처럼

나의 하루도 오픈을 했으면 마감도 해줘야 한다.

생각에 불을 끄고 문을 닫고 셔터를 내리자.

포기하며 산다

열아홉 살에 치른 수능을 망치고 '내가 이때까지 공부한 게 얼만데, 이 대학에는 절대 못 가'라는 오기가 생겼다. 그래서 일 년을 재수하기로 선택했다.

당시에는 포기하지 말고 한 번 더 해보자고 마음먹은 스스로가 대견하다고 생각했다. 포기하지 않고 용기를 낸 것이니까. 하지만 지금 돌이켜보니 나는 재수 빼고 나머지를 다 포기한 사람이었다. 스무 살의 동갑 동기를 사귈 기회, 일 년 동안 돈을 모을 기회, 휴학할 수 있는 여유 등을 포기한 셈이니까.

직업도 마찬가지였다. '프리랜서가 힘든 길이라는 걸 알지만 포기하지 않고 해볼래'라고 마음을 냈으나 꼬박꼬박 저축할 수 있는 안정성, 회사에서 맺을 수 있는 인간관계 등은 포기한 것이다.

결혼을 하는 것도, 아이를 낳는 것도 그럴 것이다.

선택하는 것 하나에만 집착하다 보면 내가 뒤로한 수많은 것이 보이지 않곤 한다. 그 하나가 너무 간절하기 때문이다. 당시에는 내가 무엇을 포기하고 있는지 모르다가 시간이 흐른 뒤에야 '아, 그때 내가 이런 걸 놓쳤구나' 하며 후회를 통해 알게 된다.

그러니 선택을 할 때는 선택보다 더 많은 포기를 한다는 것을 알아야 한다. 포기했던 것이 선택한 것보다 나에게 더 필요한 것일 수도 있으니까.

나는 내가 포기를 모르는 사람이라고 생각했다. 한번 꽂히면 직성이 풀릴 때까지 해야 하는 성격이었기 때문이다. 물론 하다하다 안 되면 그만두기도 했지만 '포기'라는 단어

를 붙이기 민망할 정도로 열정을 다한 다음에야 내려놓곤
했다. 그런데 이 사실을 알고 나니까 나는 선택보다 포기를
더 많이 하며 사는 사람이었다.

'포기'라는 단어를 쓰면 나약해 보이고 책임감 없다는 느
낌이 들어서 포기하기를 꺼려한다. 포기할 때조차도 '포기
하는 나'를 부정하곤 한다. 하지만 우리는 늘 포기하며 산다.
그러니 포기를 외면하지 말자.

포기하고 싶으면 포기하고 다른 길을 찾아도 된다.

선택하는 법을 배울 때

이미 포기하는 법을 함께 배운 우리니까.

생각이 단단한 사람

작은 돌을 시멘트 벽에 던지면 돌은 벽을 맞고 그대로 튕겨 나간다. 반면에 작은 돌을 유리 벽에 던지면 유리는 금이 가서 깨진다. 같은 돌을 던져도 어디에 던지느냐에 따라 결과가 달라진다.

살다 보면 어떻게든 나를 흠집 내려고 돌을 던지는 사람이 꼭 생긴다. 나는 그 돌을 온전히 맞을 수밖에 없다. 갑자기 날아오는 돌을 예측할 수도 없고 막을 방법도 없으니까. 그러니 생각이 단단한 사람이 되어야 한다.

다이아몬드라는 단어는 '정복할 수 없다'는 뜻의 그리스어 '아다마스'에서 유래했다고 한다. 천연 광물 중 굳기가 가장 강해서 그 시대에는 다른 도구로 깰 수 없었기 때문이다.

우리의 멘탈도 마찬가지다. 남들이 아무리 멘탈을 깨려고 해도, 내 멘탈의 굳기가 단단하면 깰 수 없는 법이다.

한 귀로 듣고 한 귀로 흘려버리자. 나를 위한 쓴소리라면 귀담아들어야겠지만, 나를 무너뜨리기 위해 작정하고 흔드는 사람의 말까지 담을 필요는 없다.

다이아몬드처럼 정복할 수 없는 사람이 되기로 했다. 어떤 일을 겪더라도 의연하게 넘기는, 생각이 단단한 사람이 되고 싶다. 속상한 일은 언제 어디서든 생기니까. 생각이 단단하면 어떤 상황에서든 나를 지켜낼 수 있다고 믿으니까.

다른 사람은 내 마음에 흠집을 낼 수 없다.

내 안에 품고 있는 원석은 다이아몬드이니까.

우리의 지금은
계속 아름다울 테니까

하루의 기분은 날씨 같은 거다.
좋았다가 나빴다가 화창했다가 어두침침했다가, 여러
속성들이 비주기적으로 반복된다. 그 모든 것이 아름다
운 순간들이다.

하늘이 맑으면 맑은 대로 아름답고, 하늘이 어두우면 어
두운 대로 아름답다. 파스텔 톤의 하늘에 구름 몇 개만
얹어놓으면 그것이 곧 명화가 되고, 무서운 천둥번개조
차도 잡지의 화보 사진이 된다.

그러니까 우리의 지금은 계속 아름다울 것이다.

기분이 어떻든 상황이 어떻든, 각자가 고유하게 가지고
있는 아름다움은 잃지 않을 것이다.

그러니 너무 불안해하지 말자.
잘되든 잘 안 되든, 우리의 지금은 계속 아름다울 테
니까.

2

세상 가장 소중한 나에게

바나나 우유가 없으면 초코 우유

바나나 우유를 사러 편의점에 갔다. 그런데 하필 바나나 우유가 품절이었다. 어떻게 할까 고민하다가 저번에 마셨던 초코 우유도 맛있었던 게 떠올라 바나나 우유 대신 초코 우유를 샀다.

만약 '다른 음료를 마셔본 경험'이 없었다면 엄청나게 실망했을 것이다. 이제껏 바나나 우유만 마셔왔으니까 다른 음료를 고르기가 어려워서 한참 고민하다가 결국 빈손으로 편의점을 나왔을지도 모른다.

어떤 일에 도전할 때 '대체 가능한' 선택이 있다면 실패를 하더라도 마음이 덜 다친다. 이것이 안 되면 저것을 하면 되니까. 그래서 이것만이 정답이라고 생각하지 말고 새롭고 다양한 경험을 쌓는 게 중요하다. 세상을 좁게 볼수록 선택지가 줄어들고, 선택지가 줄어들수록 위기가 찾아왔을 때 마음이 구석으로 몰린다.

바나나 우유를 가장 좋아하더라도 일부러 초코 우유도 마셔보고 딸기 우유도 마셔보자. 그렇게 하나씩 경험하다 보면 갑자기 찾아온 만약의 상황에 대처할 지혜도 생기고, 어쩌면 그 과정에서 더 좋아하는 것을 발견할 수도 있다.

한 우물만 파는 것도 좋지만 훗날 내 우물에 문제가 생겼을 때 금방 해결책을 찾을 수 있도록 옆 동네 우물도 구경해보고 앞 동네 우물도 구경해보는 건 어떨까.

경험은 빛과 같아서

여러 색이 섞일수록

더 하얗게 내 세상을 밝혀줄 테니까.

도전이 두려운 내 마음에게

도전하는 게 두려울 때가 있다. 내 능력이 딱 거기까지라는 걸 깨닫게 될까 봐, 시간이나 돈을 낭비하는 꼴이 될까 봐, 남들이 나를 비웃을까 봐. 저마다의 이유가 있을 것이다.

내가 도전하는 걸 주저했던 이유는 주변 사람들의 연민 때문이었다. "잘됐어?"라고 물어봤을 때 "잘 안 됐어"라고 대답하면 나를 불쌍하게 보는 그 시선이 싫었다. 잘 안 됐다는 사실보다 어떤 말을 해줘야 될지 몰라서 곤란해하는 그 눈빛이 나는 더 아팠다. 그래서 도전을 주저했었다.

그런데 시간이 지나니까, 사람들이 보내는 연민보다 '그

때 도전해볼걸' 하는 후회의 목소리가 더 상처로 남았다. 해보지 않았기에 내가 잘했을지 못했을지 모르니까 '그때 도전했으면 잘했을 수도 있지 않을까?'라는 미련이 생겼다. 미련이 자꾸 아른거려서 앞으로 걸어가는 와중에도 뒤로 힐끔힐끔 돌아봤고, 이도 저도 아닌 상태가 되어버렸다.

도전은 언제나 두렵다. 내가 아파하는 모습을 보게 될 수도 있기 때문이다. 내가 아파하는 모습은 누구나 보기 싫을 것이다. 하지만 곰곰이 생각해보면, 정말로 보기 싫은 모습은 아파하는 내 모습이 아니라 '후회하는 내 모습'일 것이다. 선택을 외면한 그때의 내가 바보 같고, 아직도 미련을 버리지 못한 지금의 내가 한심스럽게 느껴질 것이다.

백 년도 채 못 살다가 떠나는 인생인데

도전을 두려워하지 말자.

용기 있게 살아가면

내 이름을 기억해주는 사람이 분명히 있을 테니까.

마음이 익을 때까지

달궈진 불판 위에 고기를 얹을 때 얇게 썬 고기면 금방 익을 테고, 두껍게 썬 고기면 익는 데 오래 걸린다. 얇은 고기는 한두 번 뒤집어주면 먹을 수 있지만, 두꺼운 고기는 여러 면으로 여러 번 뒤집어줘야 한다.

사람과의 관계도 불판 위에 올려진 고기와 같다. 얇은 고기든 두꺼운 고기든, 우선 익을 때까지 시간이 필요하다. 아직 익지도 않았는데 배가 고프다고 집어 먹으면 배탈이 난다.

사람마다 마음을 여는 시간도 다르다. 어떤 사람은 첫 만남에 바로 친구가 될 수 있지만, 어떤 사람은 몇 개월을 알고 지냈어도 나에게 거리를 둘 수 있다.

마음이 익을 때까지 기다려줘야 한다. 빨리 익지 않는다고 집게로 눌러서 지지면 속은 안 익고 겉만 검게 타버린다.

아직 뒤집을 때도 아닌데 집게로 뒤적거리면 괜히 마음만 조급해진다.

상대방의 마음은 내 마음과 같지 않다.

저마다 두께도 다르고, 부위도 다르고, 익는 속도도 다르다. 시간으로 기다려줘야 한다.

누구에게나 저마다의 시간이 필요하고

그 시간을 강요할 수는 없다.

뒷담화에 대처하는 방법

어떤 사람이 내 뒷담화를 하고 다닌다는 소식을 들었다. 처음에는 황당하고 어이가 없었다. 왜 그런 뒷담화를 하는지 이해되지 않았다. 그렇지만 뒷담화라는 게 말 그대로 '뒷'담화라서 그 사람에게 따지기도 애매했다. 그 사람이 안 했다고 딱 잡아떼면 나만 이상하고 예민한 사람이 된다는 걸 알기 때문이다.

조금 지나니까 걱정과 속상함이 밀려왔다.
'저 사람 때문에 다른 사람이 나를 오해하면 어떡하지?'

'나는 그런 사람이 아닌데 저 사람 때문에 내 이미지가 망가지면 어떡하지?'

그렇다고 사람들에게 일일이 찾아가서 "저 그런 사람 아니에요"라고 해명하기도 어렵다. 어떤 사람이 무슨 이야기를 들었는지 정확히 모르니까.

누가 내 뒷담화를 했다는 사실만으로 의기소침해지고, 주변 사람의 시선이 부담스러워질 때가 있다. 그럴 땐 그 말이 마치 '나'라는 사람을 정의해버린 것처럼 느껴진다.

하지만 이럴 때 내가 기죽을 필요가 있나 싶다. 어차피 그 사람은 나 말고 다른 사람도 욕하면서 살아갈 텐데. 다른 사람을 욕하면 관심이 자신에게 몰리니까, 그 순간의 관심이 고파서 뒷담화를 하는 것이다.

그리고 듣는 사람도 '저 사람 다른 데 가서는 내 욕하겠구나. 너무 가까이 지내면 안되겠다'라고 속으로 거리를 둔다. 그 사람 앞에서는 분위기를 맞추느라 신나게 동조해주겠지만, 속마음은 다를 것이다.

만약 그 사람의 말만 믿고 나를 싫어하는 사람이 있다면, 나도 같이 싫어해주면 된다. 어차피 그 사람은 나와 인연이 아니었던 것이다. 한낱 소문에 마음이 흔들리는 사람이라면 애초에 나에게 필요 없는 사람이다. 돈 한 푼 안 들이고 쉽게 사람을 거른 셈이다.

누군가의 유치한 짓에 마음앓이하지 않기로 했다. 그 사람은 평생 뒷담화와 이간질을 하며 살다가 인간관계가 좁아지고, 결국 외롭게 지내다가 갈 사람이다. 그러니 그냥 불쌍하게 여기면 된다.

'그것밖에 모르는 사람이구나' 하고

소용없다는 듯이 바라봐주면 된다.

미움은 가만히 내버려두면

제 풀에 지쳐서 가라앉는다.

미움이란 결국 제 살 깎아 먹기이니까.

아스팔트 틈에서도
깎아지른 절벽에서도
피어날 꽃은 결국엔 피어난다.

스스로를 믿고
내 삶의 시간을 기다려주면
어떤 악조건 속에 있더라도
싹이 나고
줄기와 잎이 자라고
꽃으로 만개한다.

마음도 '완국' 해주세요

식당을 운영하는 예능 프로그램을 보고 있었다. 직원들이
각자 역할을 하나씩 맡았고, 그중 한 명은 냉국수 담당이었
다. 냉국수 직원은 그릇을 세팅한 뒤에 육수를 담으려고 국
자를 들었다. 많이 드시라고 인심 좋게 육수를 잔뜩 펐다.

그러자 옆에 계시던 요리 선생님이 '육수도 정량만 줘야
한다'며 직원을 말렸다. 그릇을 들고 육수를 후루룩 다 마셨
을 때 그릇이 깨끗하게 비워져야 "정말 맛있었다" 하며 손님
이 만족하는데, 육수가 남으면 '완국' 했을 때보다 만족감이

줄어든다는 이유에서였다.

일도 마찬가지 아닐까. 이것도 맡고 저것도 맡다가 내 그
릇이 넘치기 직전까지 담아버리면 소화시키지 못하고 결국
체하고 만다. 내가 담을 수 있을 만큼만 적당히 담고, 그 외
의 것은 한 그릇을 다 비운 후 다음 접시에 담는 것이 현명
하다. 넘치게 담으면 건강이든 인간관계든 커리어든 어딘가
하나는 고장 날 수 있으니까.

괜히 넘치게 받았다가 애매하게 남기지 말고 적당히 담아
서 깔끔하게 비워야 일을 마무리했을 때 더 큰 만족감을 느
낄 수 있다.

"드실 만큼만 담아주세요."

셀프 코너의 안내문을 잊지 말자.

나를 위해 잊어주기

엄청 미운 사람이 있었다. 내 자존심을 뭉개고, 말로 상처를 주고, 자기만 잘난 줄 아는 그런 사람이었다. 맨날 그 사람에게 시달리다 보니 그 사람과 함께 일할 땐 핸드폰 알림만 울려도 그 사람에게서 온 연락일까 봐 짜증이 확 났다. '또 뭐로 꼬투리를 잡으려고 연락한 걸까?' 하는 부정적인 생각부터 들었다.

그런데 그 사람과 함께 일하는 기간이 끝났는데도 그 사람을 향한 미움이 사라지지 않았다. 그 사람이 나에게 상처

췄던 일들이 자꾸 떠올라 속이 부글부글 끓었다. 일이 끝나면서 인연도 끝이 났는데, 예전 일을 떠올리며 스스로를 학대하고 있었다.

어떻게 하면 화를 끊어낼 수 있을까 고민하다가, 가장 좋은 방법이 '용서'라는 것을 깨달았다. 비우고 잊어주는 것이다.

그 사람을 위해서가 아니라 나를 위해서.

지금 당장 달려가 머리끄덩이라도 잡고 분풀이를 할 수 있는 게 아니라면, 잊어주는 게 가장 좋은 방법이다.

떠오르려고 할 때마다 고개를 가로저으며 생각을 집어넣었고, 분노가 차오르려고 하면 핸드폰을 켜서 다른 곳으로 주의를 돌렸다. 운동이나 게임을 하기도 했다.

처음에는 마음을 조절하는 게 잘 되지 않았지만 한두 달 정도 노력하니까 그 사람이 떠오르는 횟수가 줄어들었다. 그러더니 기억 속에서 점점 희미해지다가 결국 잊혔다.

미움을 간직하고 있으면 나만 손해다.

내 인생에서 싫은 사람이 많은 비중을 차지하도록 두지
말자.

희생하기 위해 용서하는 것이 아니다.

나를 위해 용서하는 것이다.

사랑은 적금처럼

　우리가 적금을 들 때는 내 수입과 지출을 고려해서 통장에 마이너스가 찍히지 않을 만큼 적당히 모은다. 누군가를 사랑할 때도 이렇게 적금을 드는 것처럼 사랑해야 한다.

　여유를 남겨두고 상대방에게 마음을 줘야지, 내 마음에 적자가 날 만큼 퍼주면 안 된다.

　잘살기 위해서 적금을 넣는 것인데, 적금 때문에 대출을 하고 대출 이자가 생기면 취지에 어긋나게 된다.

한 사람이 내 인생의 전부인 것처럼 사랑하면 오히려 위태로워질 수 있다. 전부를 걸면 전부 다 가질 수 있을 것 같지만, 전부를 걸면 오히려 잃기 쉽다. 모든 것을 걸면 지금 내가 가지고 있는 게 없으니, 마음이 조급해져서 일을 그르치기 때문이다.

균형이 무너지지 않을 만큼, 오랫동안 꼬박꼬박 줄 수 있을 만큼 여유를 두고 사랑해야 한다. 평생을 그 사람과 함께하는 게 목표라면 더더욱 조절할 수 있어야 한다.

한 번에 다 퍼줘서 내 안에 남은 게 없으면

메마른 마음만 박박 긁게 된다.

혼자 있을 때도 평안한 사람

외롭다고 아무나 만나면 아무 연애나 하다가 아무 이별을 하게 됩니다. 외로울 때가 아니라 사랑하는 사람이 생겼을 때 연애하세요. 연애가 내 인생의 외로움을 해결해주지는 않습니다.

연애를 하고 둘이 있어도 외롭다고 느껴질 때가 있습니다. 외로움은 혼자냐 둘이냐의 문제가 아니기 때문입니다.

혼자 있을 때도 평안한 사람이 되세요.

혼자 있을 때의 내 마음을 스스로 해결하지 못하면 사랑하는 사람이 조금만 빈틈을 만들어도 금세 불안해집니다. 텅 빈 내 마음을 빨리 채워달라고 아기처럼 보채게 됩니다.

외로움은 외로움 그 자체로 해결해야 합니다.
연애로 대체하지 말고.

보이지 않는다고 해서 없는 건 아니다

가끔 내 삶이 허허벌판인 것처럼 느껴질 때가 있다. 꽃도 피고 곡식도 자라는 다른 사람의 땅과 비교하면, 내 땅은 더 텅텅 빈 것같이 보인다.

그럴 때 이렇게 생각해보면 어떨까? 지금 내 땅은 텅텅 빈 게 아니라 그 속에 씨앗을 품고 있는 것이라고. 아직 때가 되지 않아서 자라지 않았을 뿐, 아무것도 없는 게 아니라고.

씨앗이 잘 자라는 환경은 저마다 다르다. 우리는 일반적으로 꽃이 피는 계절을 따뜻한 봄이라 생각한다. 하지만 살이 타들어갈 것처럼 무더운 여름에 피는 해바라기도 있고, 잎이 다 떨어지는 쓸쓸한 가을에 피는 코스모스도 있고, 추위로 온 세상이 얼어붙은 겨울에 피는 동백꽃도 있다.

보이지 않는다고 해서 아무것도 없는 건 아니다.

씨앗이 잘 자라는 시기가 올 때까지 땅속에서 기다리고 있는 것뿐이다. 그러니 가진 게 없다고 속상해하지 말자.

보이지 않는 땅속에

많은 것을 품고 있으니까.

나를 사랑하는 법 3단계

자존감이 낮은 사람은 자기 자신을 사랑하는 걸 어렵게 느낀다. 내 외모가 마음에 안 들고, 내 능력이 부족하다고 느끼고, 인간관계도 안 좋고, 성격도 융통성이 없고 등등. 마음에 안 드는 것투성이인데, 그런 나를 어떻게 사랑하라는 것인지 의문이 든다. 그럴 땐 단계별로 진행해보자.

첫 번째 단계는 인정하는 것이다. '나는 이 정도까지 할 수 있구나.' 그렇게 인정만 하는 것이다. '내 능력은 너무 하찮아. 남들은 저만큼 하는데 나는 왜 이따위로밖에 못하지?'

하며 평가하거나 비교하지 말고 '내 능력은 이렇구나'로 문장을 끝맺은 다음, 그대로 받아들이자.

두 번째 단계는 이해하는 것이다. '내 능력은 이 정도구나. 왜 이 정도일까? 생각만 하고 실천을 안 했던 날이 많아서 혼자 고여갔던 것 같아'라고 지금의 내가 된 과정을 이해해보자.

마지막 단계는 조금씩 변화하는 것이다. 매일매일 일기 쓰기, 하루에 책 삼십 분씩 읽기, 하루에 인터넷 강의 한 개는 꼭 듣기 등 자신이 해낼 수 있는 소소한 목표를 세워 습관을 조금씩 고쳐보자. 목표를 하나씩 지켜나가면 목표의 크기와 상관없이 성취감이 생기고, 변화하는 내 모습에 정이 간다.

그렇게 정이 들다 보면 그 정이 애정으로 바뀌어간다. 하루아침에 갑자기 사랑이 샘솟지 않는다. 나를 미워하는 시간이 길었다면 사랑하는 데까지 시간이 더 걸린다. 그러니 조급하게 굴지 말고 천천히 작은 것부터 시작하면 된다.

소개팅에 나갔는데 처음 본 사람을 바로 사랑할 수는 없는 것과 같다. 서로에 대해 알아가고 대화도 나누고 데이트도 하다가 사랑에 빠지는 것이다.

나를 사랑하는 데도 단계가 필요하다.

한 번에 확 좋아지지 않는 게 당연하다.

그렇게까지 해야 되는 일은 없다

다 잘 살아보자고 하는 일이다. 몸 망쳐가며, 건강 상해가며 해야 될 일은 없다. 나도 한때는 "일이 최고! 커리어가 최고! 돈이 최고!"를 외치던 사람이었다. 어떻게든 빨리 잘되고 싶어서 인생을 압축시켰다.

성공에 도움이 되는 것만 남겨두기 위해서 가족과의 시간, 정신 건강, 연애, 숙면 같은 것들을 가장 먼저 버렸다. 그때는 그렇게까지 해야 하는 줄 알았다. 하루 24시간은 정해져 있고 내 몸은 하나뿐이니까.

그런데 지하철도 못 탈 만큼 몸 상태가 안 좋아진 뒤, 일 년이라는 시간 동안 고되게 건강을 회복하면서 느낀 점은 다 가져도 내 몸 하나 건사하지 못하면 전부 무슨 소용이 있겠냐는 거였다.

그러니까 나를 아프게 하는 일은 그만둬야 한다.
나를 괴롭히면서까지 '해야 될 일'은 없다.

그렇게까지 해야 되는 일은 없다.

눈앞에 놓인 일에 악을 쓰며 살지 말자.

인생은 장기전이다.

정 많은 성격으로 살아남기

정이 많은 성격이 나를 괴롭힐 때가 있다. 상대방에게 마음을 주면 그때부터는 내 마음이 내 것이 아니게 되니까 마음을 다치기 십상이었다. 그래서 때로는 주위에 사람이 많은 게 독이 되었다.

내가 기대한 것만큼 사람들이 고마워하지 않을 때, 내가 베푼 것을 사람들이 기억해주지 않을 때, 내가 아무리 줘도 돌아오는 것이 없을 때. 그동안 열심히 쌓아온 인간관계가 다 가짜처럼 느껴져서 허무해졌다.

물질적으로 무언가를 바라고 베푼 호의는 아니었지만, 관계 속에서 인정받고 싶었다. 나를 향한 사소한 관심 한 움큼이면 몇 번이든 더 잘해줄 수 있는데, 볼일이 끝나면 나를 떠나버리는 사람들의 태도에 상처를 받았다.

이런 내 성격을 고치고 싶었다. 하지만 성격을 고치는 건 쉽지 않아서 번번이 실패로 돌아갔다. 그래서 나는 성격을 고치는 대신 관점을 바꿔보기로 했다.

사람들이 내 마음과 같지 않을 때 서운해하는 것이 아니라 나에게 줄 수 있는 능력이 있음에 기뻐하고, 내가 마음을 나눌 수 있는 사람임에 기뻐하고, 나를 필요로 하는 존재가 있다는 것에 기뻐하기로 했다.

나 스스로가 삶의 이유가 되는 것이다. 사람들에게 관심받고 인정받는 걸 활력으로 삼는 게 아니라 '나'의 존재 자체를 활력으로 삼는 것이다. 그러면 정이 많은 나도, 상처받거나 외로워하지 않으면서 살아갈 수 있을 거라 믿는다.

즐거움의 이유를 '타인'에게 두지 말 것.

언제나 '나 자신'에게 둘 것.

할 만큼 했다

최소한으로 지켜야 할 것들을 그 사람이 반복해서 어겼고, 네가 그 잘못과 실수를 여러 번 넘어가줬다면, 너는 그 관계에서 할 만큼 한 거다.

사람마다 타인의 잘못을 수용할 수 있는 범위가 다른데 네가 감당하지 못할 선을 그 사람이 자꾸 넘는다면 더 이상 상처받지 말고 이제 그만 놓아주자.

화장품이 안 맞아 자꾸 트러블이 나면 그 화장품을 계속 바르는 게 아니라 버려야 한다. 피부과에 가도, 좋은 연고를 발라도 그 화장품을 쓰면 다시 뾰루지가 올라오게 되어 있다. 결국 그 화장품을 손에서 놓지 못하면 피부를 좋게 만들려던 노력은 물거품이 될 뿐이다.

안 맞는 관계를 억지로 감당하려 하지 말자.
너는 할 만큼 했다.

나에 대해 알아주세요

직장 동료들과 함께 밥을 먹고 있었다. 향수에 관한 이야기가 나왔는데, 한 여자분이 "유미 씨가 지나갈 때마다 좋은 향기가 나던데. 좋은 향기가 난다 싶어서 뒤돌아보면 유미 씨가 지나가고 있더라고" 하셨다. 그 말이 끝나자마자 같은 테이블에 있던 모든 사람이 그분의 말에 공감해줬다.

그런 칭찬을 일 년에 서너 번 정도 받으니까 그때부터 나에게 좋은 향기가 난다는 걸 알게 되었다. 사람들이 말해주기 전까지는 전혀 몰랐다. 자신에게서 나는 냄새는 잘 맡지 못하니까. 평소에 향수를 썼다면 '나에게서 좋은 향수 냄새가 나겠지' 했을 텐데, 나는 향수를 쓰지 않았기에 나에게 아무 냄새도 안 나는 줄 알았다.

장단점도 마찬가지인 것 같다. 누군가가 콕 집어서 말해주지 않으면 모른 채 쭉 살아간다. 남의 장단점은 잘 보이는데 나의 장단점은 눈에 잘 안 보인다.

그래서 '나는 장점이 없는 하찮은 사람인가?'라고 스스로를 비하하기도 하고 '나는 단점이 없는 완벽한 사람이군!'이라고 자만하기도 한다.

없는 게 아니라 모르는 것이다. 나는 나와 평생을 함께해왔고, 언제나 늘 가지고 있던 것이기에 너무 익숙해져서 느끼지 못하는 것뿐이다.

내 안에 아무것도 없는 게 아니다.

내 안에는 소중한 장점도 있고 소중한 단점도 있다.

그렇게 소중한 것들로 이루어진 소중한 사람이

바로 '나'이다.

단어조차 떠오르지 않을 만큼

중요한 일정을 앞두고 이마에 여드름이 생겨버렸다. 핸드폰 볼 때도 검은 화면에 여드름이 보이는 것 같고, 화장실 갈때마다 거울에 여드름이 먼저 보이니 한껏 짜증이 났다. 왜하필 중요한 일을 앞두고 훤히 잘 보이는 이마에 여드름이난 건지. 그래서 별로 좋지 못한 기분으로 약속 장소에 갔다.

그런데 참 신기하게도 일정이 끝나고 난 뒤에는 이마에난 여드름이 보이지 않았다. 여드름이 나 있는 건 그때나 지금이나 똑같은데, 내 눈에 거슬리지 않았다. 여드름이 있든

없든, 이젠 중요하지 않으니까.

그러다가 여드름이 났었는지조차 까먹었고, 까먹은 채 지냈더니 어느 순간 붉은 흔적까지 싹 사라져 있었다. 특별히 덧바른 것도 없는데 말이다.

생각은 내가 신경 쓰면 선명해지고 신경 안 쓰면 희미해진다. 그러니 잊고 싶은 게 있으면 신경 쓰지 않으려고 노력해야 한다.

"그 사람과 헤어졌는데 어떻게 하면 잊을 수 있을까요?"라고 묻는다면, 이미 '그 사람'을 입에 올림으로써 한 번 더 신경 쓰게 되는 것이다.

단어조차 떠오르지 않을 만큼

신경을 거두어야 희미해진다.

그렇게 해야 잊힌다.

사과를 따는 것

사과나무에 열린 사과를 가져가려고 한다. 누군가는 돈이 많아서 사다리를 산 다음에 그걸 타고 올라가 사과를 따 갔다. 누군가는 힘이 좋아서 나무 기둥을 흔들어 떨어뜨린 사과를 주워 갔다. 그리고 누군가는 머리가 똑똑해서 지혜를 발휘하여 사과를 가져갔다.

그런데 누군가는 특별히 가진 게 없어서 사과를 딸 방법을 몰라 발만 동동 구르고 있었다. 가만히 바라보고 있을 수만은 없어서 손부채질도 해보고 입으로 바람을 불어보기도 했다. 그렇게 안간힘을 쓰다가 사과 꼭지의 힘이 약해졌을 때쯤 나뭇가지에서 사과가 떨어졌고, 그 타이밍을 놓치지 않고 떨어지는 사과를 받아 가져갔다.

어떤 도움도 받을 수 없어서 생고생을 했던 사람의 입장에서는 앞의 세 사람이 부러웠을 수도 있다. 돈이 많아서 좋겠다, 힘이 세서 좋겠다, 머리가 똑똑해서 좋겠다……

사과가 떨어질 때까지 기다린 사람이 가장 늦게 가져갔으니, 다들 떠나보내고 혼자 남아 많은 생각이 들었을 것이다.

하지만 결과적으로 네 사람 모두 사과를 가져갔다. 시기와 방법만 달랐을 뿐, 사과를 먹을 거라는 목표는 모두 달성했다.

다른 사람과 비교를 하면 "내가 사과를 제일 늦게 가져갔어. 역시 난 항상 남들보다 늦어"라며 비관하게 될 것이다. 하지만 나만 놓고 보면 "내 목표가 사과를 따는 거였는데 사과를 땄어. 내 목표를 이뤘어!"라며 행복해할 것이다.

우리는 모두 각자의 인생을 살아가는 중인데 내 인생에

남을 끼워 나를 고통스럽게 하지 말자. 내 인생 안에서 내 목
표에만 집중하면 된다.

높고 낮은 것, 빠르고 늦은 것.

비교 대상을 두지 않는다면

높은 것도 낮은 것도 없으며

빠른 것도 늦은 것도 없다.

너를 못 믿어서 가라앉는 거야

수영장이 있는 호텔로 놀러갔을 때의 일이다. 친구들은 수영을 잘해서 헤엄을 치며 노는데, 나는 수영을 못해서 튜브를 끼고 둥둥 떠다니고 있었다. 그런 나를 보고 친구가 호텔 로비에서 스노클링 장비를 대여해 와서 쓰라고 건네줬다. 마스크를 쓰면 수영을 잘 못해도 호흡관으로 숨을 쉴 수 있으니 헤엄칠 수 있지 않겠냐면서.

물고기 하나 없는 수영장이었지만 스노클링 마스크를 착용하고 물에 몸을 맡겼다. 얼굴이 물속에 있는데도 숨이 쉬어지니 가만히 있어도 몸이 물에 떴다. 발로 물장구를 쳐보니 수영을 하는 것처럼 앞으로 나아가기도 했다.

몸이 물에 떠 있은 지 한 삼십 초쯤 되었을까. 갑자기 공포가 찾아왔다. 전혀 위험할 게 없는 상황이었는데도 말이다. 이유는 딱 하나였다. '나는 수영을 못해'라는 그 불신 가득한 생각 때문이었다.

혹시나 내 몸이 가라앉으면 호흡관 안으로 물이 들어올 테고, 그럼 당황하며 물에 빠진 것처럼 허우적거리게 될 테니 그게 무서웠다.

참 희한하게도 겁을 먹으니까 잘 떠 있던 몸도 점점 무거워져서 아래로 가라앉았다. 몸이 물에 잠기는 게 느껴지니까 더 겁이 나서 수영을 포기하고 발끝으로 서버렸다. 내가 조금 가다가 서고, 조금 가다가 서기를 반복하니까 친구가 와서 한마디 했다.

"네가 수영을 못해서 가라앉는 게 아니라 너를 못 믿어서 가라앉는 거야."

그 말을 듣고 다시 한번 물에 몸을 맡겼다. 머릿속에 있던 공포를 다 지우고 나를 믿었다. 무서워지려고 할 때마다 괜찮다고 스스로를 믿어줬다. 그랬더니 신기하게도 수영장의 끝에서 끝까지, 멈추지 않고 갈 수 있었다.

내가 하는 일도 마찬가지인 것 같다. 1부터 10까지 다 준비했어도 준비해온 내 노력을 믿어주지 못하면 노력이 제힘을 발휘하지 못한다.

나를 믿어주자.

전부를 걸어도 될까 말까 한 세상인데,

내가 나를 믿어주지 않으면 될 일도 안 된다.

찰떡 메이크업

중요한 날에 거금을 들여 메이크업숍에서 화장과 헤어스타일링을 받은 적이 있다. 그냥 집에 가기 아까워 셀카도 찍고 친구한테도 사진을 찍어달라고 했었다.

그러다 몇 달 전에 여행 가서 찍은 사진을 우연히 보게 되었는데, 물놀이를 하느라 선크림만 바르고 있었고 바닷바람 때문에 머리카락도 제멋대로 휘날리는 상태였다. 막 웃고 있던 순간이었는데 친구가 그 찰나를 포착해서 사진을 찍어줬었다.

그 사진이 가장 예뻤다. 20만 원을 들여서 꾸민 얼굴보다 진짜 행복해서 웃고 있을 때 찍힌 내 얼굴이 훨씬 더 예뻐 보였다. 사진을 비교해보며 알게 되었다. 나에게 필요한 건 완벽한 화장과 잘 세팅된 머리카락이 아닌 '즐거움'이었다는 것을. 즐거운 마음이 얼굴에 드러날 때 내가 가장 예쁘다는 것을.

'내 얼굴에는 웜톤이 찰떡일까 쿨톤이 찰떡일까'를 고민하는 게 아니라 '오늘 어떤 하루를 보내야 내가 즐거울까'를 더 고민해야 했다는 걸 알게 되었다.

내 얼굴에 찰떡인 메이크업은 '즐거움'이니까.

목에 건 사원증의 로고가 대기업이 아니라도
우리 집 베란다 풍경이 그림 같지 않더라도
내 전부를 걸 만큼 사랑하는 사람이 없더라도
지친 마음을 누일 곳이 마땅찮아도
제 앞가림을 하고
하늘을 올려다볼 잠깐의 여유가 있고
사소한 일에도 감사할 줄 알기에
남들 앞에서 괜히 움츠러들지 않고
미소 지으며 말할 수 있다.

"이대로도 충분히 잘 살고 있습니다.
더 바랄 것이 없습니다."

마음이 마음대로 되면 얼마나 좋을까

한 팩에 담긴 딸기

갑자기 딸기가 먹고 싶어져서 집에 가는 길에 과일 가게에 들렀다. 딸기가 담긴 투명한 팩을 하나씩 들어 보고 상태가 괜찮은 딸기들이 많아 보이는 것으로 한 팩 집어 왔다.

집에 도착해 딸기를 씻으려고 팩을 열었는데 내가 생각했던 것만큼 딸기의 상태가 다 좋지는 않았다. 빨갛게 잘 익은 딸기도 분명 있었지만, 보기만 해도 신맛이 날 것 같은 푸르뎅뎅한 딸기도 있었고 많이 짓무른 듯한 검붉은 딸기도 있었다.

열 개가 조금 넘게 든 딸기 한 팩을 까도 맛있는 딸기, 보통인 딸기, 그저 그런 딸기, 맛없는 딸기가 섞여 있다.

그런데 가만 보면, 내 주변 인간관계도 이 딸기 한 팩과 다르지 않다.

회사든 학교든 소모임이든 동아리든, 내가 속한 그룹 안에는 나랑 잘 맞는 사람도 있지만 나랑 잘 맞지 않는 사람도 있다. 특별히 미운 곳도 없는데 이상하게 정이 안 가는 사람도 있고, 내 곁에 있었는지 없었는지 기억이 흐릿할 정도로 눈에 안 띄는 사람도 있다. 반대로 내가 누군가에게 그런 사람이 될 수도 있고.

같은 무리일지라도 어떤 사람과는 시큼털털하고, 어떤 사람과는 짓무르고, 어떤 사람과는 딱 알맞은 당도로 좋을 수도 있다. 어떤 사람과 어떤 관계가 되는지는 내가 어떻게 할 수 있는 부분이 아니다. 그러니 인간관계에 연연하면 내 속만 썩는다.

그저 한 팩에 담긴 딸기들이다.

너무 애쓰지 말자.

대만 여행을 갔는데 친구들이 "대만 하면 밀크티지!"라며 무조건 밀크티를 먹고 오라고 추천해줬다. 물어본 사람 모두 밀크티를 추천하니 내 입맛에도 당연히 맛있을 거라 기대하며 밀크티를 사러 갔다.

그런데 막상 사 먹으니 '여기까지 와서 사 먹어야 될 맛은 아닌 것 같은데……'라는 생각이 들었다. 내 입엔 그저 그랬다. 하지만 나는 밀크티를 사 먹는 데 쓴 시간이나 돈이 아깝지 않았다. 거기서 마셔보지 않았으면 대만 밀크티에 대한 궁금증을 해소하지 못했을 테니까. 마셔보고 나서야 '밀크티는 내 취향이 아니군'이라는 결론을 내릴 수 있었고, 그다음부터는 밀크티를 선택하지 않으면 될 테니까.

지도를 만들 때 직접 가보지 않은 곳은 그리지 못한다. 편한 길이든 험난한 길이든 발을 내딛지 않으면 그곳이 어떤 길인지 모른다. 취미도, 연애도, 직업도, 취향도 마찬가지다. 이것저것 직접 해보며 내가 좋아하는 것이 무엇인지, 내가 싫어하는 것이 무엇인지 알아가는 것이다. 알고 난 다음에는 응용할 수 있을 테고, 경험을 바탕으로 조금 더 지혜로운 선택을 할 수 있다.

인생의 지도를 넓게 그려주자.

이왕 한 번 사는 인생, 넓게넓게 살자.

귀찮아서, 잘 못할 것 같아서, 힘들어서, 돈 아까워서⋯⋯.

여러가지 이유로 망설이다 보면,

내 인생의 지도는 빈칸으로 뻥뻥 뚫리게 된다.

행복의 기준

아무 감정도 들지 않는 '무난한 상태'일 때를 행복의 기준으로 삼아보자. 즐거움을 행복의 기준으로 삼으면 즐거운 일이 없는 날에는 불행하게 지내야 한다.

인생을 돌이켜보면 즐거운 날보다 무난한 날이 더 많지 않았던가. 즐거움을 행복의 기준으로 둔다면 나는 불행이 가득한 사람으로 살아가게 되지 않을까.

무난한 상태를 행복으로 삼으면 '오늘 하루 무난하게 보내서 행복했다!'라고 생각하며 살 수 있다. 그러면 괴로움이 찾아와도 덜 힘들다. 괴로움에서 즐거움까지 끌어올리는 건 너무 어려운 일이지만 괴로움에서 무난함까지 끌어올리는 건 마음을 조금만 갈고닦으면 할 수 있기 때문이다. 그래서 나를 괴롭게 만드는 일이 생겨도 두려워하지 않게 된다. 내 힘으로 행복을 되찾을 수 있다는 확신이 있으니까.

기준을 어디에 두느냐에 따라 세상을 바라보는 마음이 달라진다. 내가 조금 더 행복할 수 있는 쪽으로 기준을 두어도 되지 않을까? 행복의 기준을 바꿔보자. 그러면 즐겁지 않아도 행복할 수 있다.

아무 일도 일어나지 않아서

놀랍도록 지루한 하루였지만

애쓰지 않고 무난히 흘려보내도 되는 오늘이라

참 좋구나.

걱정을 분류하는 연습

나를 우울하게 만드는 건 일어나지 않은 일에 대한 걱정이었다. 아직 일어나지 않은 일인데도 너무 깊게 걱정하니까 진짜처럼 불행하다고 느꼈다. 한번 걱정을 하기 시작하면 줄줄이 소시지처럼 다른 걱정도 엮여 왔다. 처음에는 하나의 걱정으로 시작했는데 잠을 이루지 못할 만큼 몇 시간을 괴로워하게 된다.

이럴 때 필요한 연습은 '걱정을 분류한 뒤 결정하는 것'이다. 가장 먼저, 필요한 걱정인지 불필요한 걱정인지 분류한다. 그다음, 필요한 걱정이면 해결하기 위해 고민하기로, 불필요한 걱정이면 머릿속에서 쫓아내기로 결정하는 것이다. 걱정도 내 의지에 달려 있게끔 만드는 연습인 셈이다.

걱정이 무조건 나쁜 건 아니다. 걱정은 각각의 상황을 대비할 수 있게 해주니까. 하지만 걱정이 너무 많아서 걱정이라면, 걱정을 분류하려고 노력해보자.

종이는 종이끼리,

플라스틱은 플라스틱끼리, 비닐은 비닐끼리

분류해서 버리면 환경에 이로운 것처럼

오늘 해야 될 걱정,

나중에 해도 되는 걱정, 안 해도 되는 걱정을

분류해서 버리면 정신 건강에 이롭다.

나를 좋아하지 않는 사람은
나도 좋아하지 않기로 했다

나를 좋아하지 않는 사람은 나도 좋아하지 않기로 했다.
누군가 나를 미워한다는 사실이 계속 머릿속에 맴돌아
서 나를 미워하는 사람의 마음을 돌리기 위해 노력했는
데, 이제는 나를 미워하는 감정까지 받아들이기로 했다.

모든 사람이 나에게 호의적이면 참 좋겠지만 세상 사람
모두가 내 마음과 같을 수는 없으니까. 누군가 나를 미
워하면 미워하는 대로 두기로 했다.

내가 무슨 짓을 해도 밉게 볼 사람에게 잘 보이려 애쓰
느니 그 에너지로 내 곁에 남아준 사람들에게 더 잘해주
려 한다.

내 안의 보석을 잃어버린 것만 같을 때

군이 나서서 일을 만들지 않을 때, 황당할 정도로 무리한 일정을 줘도 웃으면서 응할 때, 알아도 모른 척 그냥 넘어갈 때. 이처럼 적당히 사회생활에 물들어가고 있다고 느껴질 때면 이십 대 초반에 가졌던 뜨거운 마음을 잃은 것 같아서 쓸 쓸해지곤 한다. 열정에 활활 타오르던 순간이 분명 있었는데. 그런 내 모습이 참 예쁘게 빛났던 것 같은데. 이젠 내 안의 보석을 잃어버린 것만 같아서 우울해지는 것이다.

하지만 그게 그렇게 나쁜 건 아닌 것 같다. 사람은 인형이 아니다. 나이를 먹고 다양한 환경에 노출되고 수많은 경험을 하며 자신의 가치관을 만든다. 원하든 원하지 않든 시간에 따라 자연스럽게 변하는 게 사람이다. 그렇기에 발전이 있고 앞으로 나아가기도 하는 것이다.

나쁜 짓을 하는 게 아니라면 '초심을 잃은 것'에 너무 자책하지 않아도 된다. 스스로를 되돌아보며 문제점을 찾고 있는 것 자체가 자신이 성장했다는 반증이다.

내 안의 보석을 잃어버린 게 아니다.

이리저리 깎아서

나와 어울리는 모양을 갖추는 과정이다.

꿈은 이루어진다

'유튜버'가 직업인 지인이 있다. 그분은 어렸을 때부터 만화책 보는 걸 좋아했고 만화책 속의 좋아하는 장면을 따라 그리는 걸 좋아했다고 한다. 그래서 어릴 적 꿈은 자연스럽게 '만화가'로 자리 잡았다. 하지만 만화가를 직업으로 가지지는 못했다. 만화가를 꿈으로 선택할 만큼 만화를 좋아했지만, 현실의 벽에 부딪쳐 그냥 평범한 대학에 들어가 평범한 직장 생활을 했다.

그러다 언제부턴가 유튜브가 대세로 자리 잡은 게 보여

서 그 물결을 따라 유튜브에 도전했다고 한다. 그분이 뛰어
든 분야는 '그림'이었다. 그림을 그려 이야기를 구성하고 영
상을 제작해서 업로드하는 방식이다. 십 대 때 떠올렸던 만
화가의 모습과 결이 좀 다를지는 몰라도, 어쨌든 그토록 바
라던 만화가가 된 것이다. 어렸을 때 일찌감치 꿈을 접었고
미술교육을 받지 않았으니 '내 꿈은 틀렸구나' 하며 삼십여
년을 살아왔는데, 시간을 돌고 돌아 결국은 만화가가 된 것
이다.

　그분은 늘 이런 말씀을 하신다.
　내가 학생 때는 만화가의 문턱이 높아서 꿈도 꾸지 못했
는데 이렇게 집에서 그림을 그리며 생활하고 있는 게 너무
신기하다고.
　2002년 월드컵의 '꿈은 이루어진다'라는 슬로건을 볼 때
마다 '꿈이 이루어지긴 뭐가 이루어져'라며 비아냥거렸는데,
이십 년 뒤에 내 꿈이 이루어진 걸 보면 꿈은 결국에는 이루
어지는 것이라고.

한 달이든 일 년이든 십 년이든,

내가 계속 품고 있으면

시간이 아무리 오래 걸려도

결국에는 이루어진다고.

과정이야 어찌 되었든 결과만 봐주는 세상이기에 결과를 망쳐버리면 내 인생도 망쳐버린 것 같은 기분이 든다. 시험 성적이, 입시 결과가, 취업 성공이, 결혼 준비가 내 인생의 전부는 아니지만 때때로 전부인 것처럼 보이기도 하니까.

그렇게 실패와 좌절을 겪고 있는 사람에게 나는 "그저 숨을 쉬어달라"고 부탁한다. 맛있는 것도 사주고 멋진 곳으로 데려다주고 손편지도 써줄 테니, 그렇게 내가 너의 곁에 있을 테니 우선 우리는 숨 쉬는 데만 집중하자고 회유한다.

수렁에 빠져 있지 않은 사람은 안다. 지금 그 사람이 처한 상황이 시간이 지나면 서서히 나아질 일이라는 것을. 하지만 수렁에 빠져 있는 사람은 그 사실을 모른다. 지금 당장 이 수렁에 잠겨 내가 죽을 것만 같으니까.

그래서 나는 너에게도

다른 어떤 위로의 말보다

숨을 쉬어달라는 말을 먼저 건네고 싶다.

우리 같이 숨 쉬어보자.

일반인으로 사는 게 왜 이렇게 어려운 건지

'일반인이 하는 무엇무엇'을 키워드로 한 바이럴 마케팅이 유행하던 때가 있었다. 일반인이 부르는 노래, 일반인이 연주하는 피아노, 일반인이 추는 춤……. 내용이 궁금해서 클릭해보면 그 '일반인'들은 나에게 감동을 주었다.

영상이 끝난 뒤 핸드폰 화면이 꺼지면 그 위로 내 얼굴이 비친다. 그런 내 얼굴에게 물었다.

'너는 누군가에게 감동을 주는 사람이니?'

그 질문에 아무런 대답을 할 수가 없었다.

그때 문득 궁금해졌다. 저런 사람들이 '일반인'이라면 아무리 생각해봐도 나는 '일반인'이 아닌 것 같은데, 그럼 나는 대체 무슨 '인'일까.

특출하게 무언가를 잘하는 사람은 아닌 것 같고, 그렇다고 아무 쓰잘데기 없는 사람도 아닌 것 같은데. 나는 대체 어디에 속하는 걸까.

여태까지 내가 일반인이라 생각하며 살았는데 이럴 땐 그어디에도 속하지 못하고 바다에 표류하는 스티로폼이나 플라스틱이 된 기분이다.

나는 일반인이 될 수 있을까?

무표정이 편한 날도 있고

사소한 일에 짜증부터 나는 날도 있고

별것 아닌 일에 눈물이 쏟아져 나오는 날도 있다.

나는 항상 온화하지 않고

매번 배려하고 싶지 않으며

싫은 건 정말로 싫다.

나는 누군가에게는 다정한 사람이고

누군가에게는 냉정한 사람이다.

어떤 사람은 나를 적극적으로 나서는 사람으로 알고 있지만

또 어떤 사람은 나를 소극적인 사람으로 알고 있다.

그래서 나는 좋은 사람도 아니고 나쁜 사람도 아니다.
그냥 '사람'이다.

그러니까 나를 한 문장 안에 가두지 않았으면 좋겠다.
그 문장을 기준으로 두고 나에게 기대하거나
실망하지 않았으면 좋겠다.

나는 그냥 '나'이다.

진짜 내 마음을 지키는 법

문제가 생겼을 때 남 탓부터 하게 되는 이유는 내가 저지른 실수를 직면할 용기가 없기 때문이다. '실수하는 나'는 극도로 보기 싫고, '완벽한 나'만 보고 싶어 해서 문제의 원인을 다른 곳으로 돌리는 것이다.

하지만 남 탓은 일시적인 회피 수단일 뿐이다. 내 문제를 개선하지 않고 지금 이 상황을 넘어간다면, 나는 똑같은 상황에서 똑같은 실수를 하게 된다.

남 탓을 하면 지금 당장은 마음이 편할 수 있다. 문제의 원인이 내가 아닌 게 되니까. 하지만 계속 남 탓을 하다 보면 발전이 없는 나를 느끼게 된다.

내 실수를 남 탓으로 돌리는 게 가장 큰 실수다. 당장의 불편한 마음을 넘기기 위해서 내 인생 전체를 헝클어뜨리는 선택은 하지 말자. 문제를 외면하는 건 내 마음을 지키는 방법이 아니다.

사람은 실수하면서 배워나간다. 실수를 하면 마음이 아프니까 다시 마음이 안 아프기 위해서 노력을 한다. 그리고 노력을 통해 성장하는 것이다.

용기를 내서 내 실수와 마주해야 한다.

그리고 마음껏 아파해야 한다.

아파하기 전과 아파한 후의 나는 분명히 다르다.

'똑같은 실수는 절대로 반복하지 말아야지.'

하루에도 수십 번씩 스스로에게 하는 말이다.

이 문장을 마음에 품고 있으면 '공적인 나'로 살아갈 땐 아주 유용하다. 하는 일에 실수가 적어서 주변 사람들도 나를 잘 믿어주고, 몇 번씩 체크하며 닦달하는 일이 없다.

하지만 단점은 '사적인 나'일 때 편하게 잠들지 못한다는 것이다. 실수하지 말아야 한다는 다짐은, 모든 걸 억지로라도 기억해보겠다는 의미이다. 그래서 늘 이 악물고 잊지 않으려고 애썼다. 잊으면 실수를 해버릴 것만 같았으니까.

하지만 요즘은 이 강박에서 벗어나기 위해 노력하는 중이다. 언제부턴가 악착같이 기억하려는 내 모습이 '떼를 쓰며 우기는 모습'처럼 느껴졌기 때문이다.

아홉 살 때 엄마에게 장난감 좀 사달라고 우겨도 엄마는 장난감을 사주지 않으셨다. 열일곱 살 때 짝사랑하는 남자에게 나 좀 봐달라고 우겨도 사랑이 되지는 않았다. 스무 살 때 나에게 상처주는 애인에게 그것 좀 고치면 안 되냐고 우겨도 달라지는 건 없었다.

아주 어렸을 때부터 성인이 될 때까지 '우긴다고 해결되는 건 없다'는 걸 경험으로 배워놓고도 나는 여전히 우기며 살고 있었던 것이다. 그 모습이 조금은 미련스러워 보여서 바꾸고 싶어졌다.

'한 번의 결과는 한 번의 결과일 뿐이야. 그게 내 인생 전체를 결정짓지는 않아' 하고 마음을 다독이며 산다. 악착같이 살기보다는 내 울타리 안에 정원을 가꾼다고 상상하며 산다. 내가 좋아하는 마트리카리아 꽃도 심고, 자연히 야생화가 자라는 것도 기대해보고. 시든 꽃이 보이면 약을 줘서 살려보기도 하겠지만 그럼에도 시든다면 시든 모습조차도 어여뻐해줄 것이다. 시들었다고 해서 꽃이었던 게 꽃이 아닌 게 되는 건 아니니까.

내일은, 다음 달에는,

다음 계절에는 어떤 꽃이 나에게 찾아올지 궁금해하며

마음도 이젠 편히 잠들게 해주려 한다.

그동안 아득바득 사느라 충분히 고생했으니까.

나를 가둬둔 사람

무언가로부터 한 번 상처를 받으면 비슷한 일만 생겨도 화들짝 놀라서 숨어버린다. 아프기 싫으니까 더더욱 자신을 가두고, 비슷한 일이 일어날 것 같으면 바로 피하게 되는 것이다.

나도 그랬다. 나는 기억력이 좋지 못한 편인데 크게 상처받았던 순간만큼은 마치 사진처럼 남아서 내 머릿속에 계속 떠올랐다. 영화관의 영사기처럼 그때 그 장면이 선명하게 남아서 지우려 해도 지워지지가 않는다.

상처받는 일이 반복되는 게 싫어서 나에게 비슷한 상처를 줄 것 같은 사람이나 상황에서 아예 도망쳐버리곤 했다. 그래서 '상처'라는 게 싫었다. 그 한 번의 상처 때문에 생활에 제약이 생기는 거니까. 상처가 나를 가두어버리니까.

하지만 그건 나의 착각이었다. 상처가 나를 가둔 것이 아니었다. 아직 아무 일도 일어나지 않았는데 지레 겁부터 먹고 내가 나를 가둬버린 것이었다.

누가 상처를 줘서, 시험에 떨어져서, 일이 잘 풀리지 않아서 갇혀버렸다고 말하지만, 사실은 그로 인해 상처받은 내가 나를 가둔 것이다.

아무도 나를 가두지 않았다.

내가 나를 가둔 것이다.

내 삶에 선을 그은 건 다른 이가 할퀸 상처가 아니라

나의 두려움이었다.

만지면 물 거야

애견카페에 갔는데 강아지 한 마리가 목덜미 쪽에 큰 스카프를 매고 있었다. 그 스카프에는 "만지면 물 거야"라는 문구가 적혀 있었다. 안내해주시는 분께서 저런 스카프를 매고 있는 친구는 예민한 친구라 만지면 놀라서 물 수도 있으니 주의하라고 당부하셨다.

카페에 세 시간 정도 머물면서 보니, 신기하게도 그 강아지를 손으로 만지는 손님이 단 한 명도 없었다. 강아지를 일부러 안아서 자기 무릎 위에 올리는 손님, 다른 곳으로 가려는 강아지를 못 가게 하는 손님들도 있었는데 그 강아지만 큼은 아무도 손을 대려고 하지 않았다.

한번은 그 강아지가 자발적으로 손님 무릎 위에 올라가 또리를 틀고 앉았는데 손님이 깜짝 놀라면서 말했다.

"헉, 어떡하지? 만지면 문다고 쓰여 있는데 내 무릎에 앉았어! 얘 밀어내고 싶은데 손으로 밀면 무는 거 아니야? 나 좀 살려줘!"

3킬로그램 정도 되는 작은 강아지 한 마리를 내치지 못해 안절부절못하는 상황이었다.

조그마한 스카프가 해내는 역할이 신기했다. 고작 '만지면 물 거야' 여섯 글자만 적혀 있을 뿐인데 그 강아지를 위해 다들 의도치 않은 배려를 하고 있는 것이었다. 예민한 강아지를 놀라게 하지 않으려는 배려였다.

그걸 보니 나도 싫은 건 싫다고 말을 해야겠다는 생각이 들었다. 그동안은 상대방의 감정이 상할까 봐 내 감정이 상하고 마는 걸 택했는데 '싫은 걸 싫다고 말하는 게 나쁜 게 아닌데 왜 굳이 침묵을 선택했을까' 하는 생각이 들었다.

사람마다 싫은 게 다르고, 남들은 다 좋아도 나는 싫을 수 있는 거니까. 습관이 되어 있지 않아서 싫은 뉘앙스를 풍기는 것 자체가 어색하지만, 그래도 싫은 건 싫다고 말하는 습관을 들이기로 했다. 건강한 관계를 유지하기 위해서.

'한 번만 더 그렇게 말하면 너를 물 거야!'

수도꼭지

사람 마음이 차라리 수도꼭지 같았으면 좋겠다.

내가 원할 때 틀고
내가 원할 때 잠글 수 있으면
상처받을 일이 없어질 테니.

그런데 참 얄궂게도
사람 마음은 수도꼭지 같을 수가 없어서
아닌 걸 알면서도 마음을 콸콸 쏟고
막상 줘야 할 때는 마음을 잠가버린다.

마음이 마음대로 되면 얼마나 좋을까.

마음을 마음대로 하지 못해서
이렇게 다치는 걸까.

정답이 없는 문제는 틀릴 수 없다

택배로 주문한 물건이 도착한 날이었다. 박스를 뜯은 다음, 내가 가장 먼저 한 일은 동봉된 설명서를 읽는 것이었다. 벽에 기대서 빼곡히 채워진 설명서를 보고 있는데, 그때 함께 있던 친구가 다가오더니 포장을 뜯기 시작했다.

"무슨 설명서를 보고 있어. 그냥 이것저것 눌러보면 되지."

친구는 한 줄, 한 줄 설명서를 읽고 있는 내가 답답했던지 핀잔을 줬다.

나는 '새로 산 물건이고 내가 모르는 부분이 있을 수 있으니 설명서를 먼저 읽어봐야지. 괜히 설명서를 만든 게 아니 잖아' 생각하며 설명서부터 읽었다. 반면에 친구는 '엄청 복 잡한 것도 아닌데 이것저것 눌러보다가 안 되면 설명서 보 면 되지' 생각하며 포장부터 뜯었다.

사소한 물건 하나를 다루는 데도 사람이 이토록 다르다. 같은 날 같은 시간에 함께 태어난 쌍둥이도 다른 점이 분명 히 있는데, 다른 환경에서 나고 자란 우리는 다를 수밖에 없 다. 우연히 똑같은 점을 찾으면 "우리는 운명인가 봐" 하고 말하는 걸 보면, 벌써 우리의 무의식 속에서는 닮은 게 특별 한 것이고 다른 게 당연하다고 받아들이고 있다.

어떤 부분들이 비슷할 수는 있어도, 완벽히 똑같을 수는 없다. 그러니 상대방이 답답하다고 느껴질 때, 틀렸다고 생 각하지 말고 다르다고 생각해주자. 설명서부터 보는 것도 틀 린 게 아니고 포장부터 뜯는 것도 틀린 게 아니니까. 정답이 없는 문제에는 '틀렸다'는 표현을 쓸 수 없는 거니까.

우리는 틀리지 않았다.

서로 다를 뿐이다.

내가 가지지 못한 면모를 네가 가진 덕분에

몰랐던 걸 한 가지 알게 되었으니

답답해하며 다그치는 게 아니라

진심으로 감사할 일이다.

특별한 이유 없이

재밌게 하던 게임이 어느 순간 질릴 수 있고, 맛있게 먹던 음식이 어느 순간 생각만 해도 구역질이 날 수 있다. 딱 달라붙는 옷을 좋아했는데 어느 순간 펑퍼짐한 옷이 좋아질 수 있고, 파스텔 톤의 색을 좋아했는데 어느 순간 쨍한 색이 좋아질 수 있다. 이처럼 사람 마음은 특별한 이유 없이 변한다. 좋았던 게 싫어지고, 싫었던 게 좋아진다.

관계도 마찬가지다. 특별한 이유 없이 인연이 멀어질 수 있고, 특별한 이유 없이 마음이 식을 수 있다. 소원해진 관계를 너무 복잡하게 생각하지 않기로 했다. 아무 문제도 없는데 군이 다른 이유를 갖다 붙여서 문제로 만드는 것도 하지 않기로 했다.

'우리는 여기까지였구나'라고 받아들인 채 살면,

특별한 이유 없이

새로운 관계가 또 찾아온다는 것을

이제는 아니까.

한 사람이 성장하며 나아가는 것

어렸을 때, 세 살 된 사촌 동생과 밥 먹을 준비를 하고 있었다. 엄마가 뜨거운 국이 담긴 그릇을 상 위에 놓으며 "이거 뜨뜨야, 뜨뜨. 아뜨해"라고 동생에게 주의를 줬다. 그런데 동생은 호기심 때문인지 자꾸 국그릇을 만지려고 했다. 엄마가 몇 번이고 손을 막아도 소용없었다.

그러자 엄마가 동생의 손 위에 엄마 손을 포개어 잡고, 덜 뜨거운 그릇 가장자리에 살짝 갖다 댔다. 그릇에 손이 닿자마자 동생은 깜짝 놀라며 손을 혹 뺐다. 엄마는 "거봐. 아뜨

하지? 뜨뜨하니까 만지면 안 돼. 알았지?" 하며 동생을 타일렀다.

그 뒤로는 동생이 국그릇에 손을 갖다 대려고 하지 않았다. 저 그릇을 만지면 안 된다는 걸 경험으로 배운 것이다.

우리도 이렇게 살아가는 방법을 배운다.

처음이니까, 모르니까, 서투르니까 데는 것이다.

그렇게 한 번 데어도 보고,

다음부터는 데지 않도록 조심하고.

그렇게 한 사람이 성장하며 나아가는 것이다.

그러니 한 번 덴 것에 너무 상처받지 말고

경험치를 쌓은 데 의미를 두자.

아파트 13층 높이의 흔들다리를 건널 때의 일이다. 고소 공포증도 없고 무서운 놀이기구도 잘 타는 편인데, 흔들다리가 꽤 얇아서 조금 무서웠다. 한 걸음 한 걸음 내딛기가 조심스럽고 몸도 잔뜩 움츠러들었다.

그런데 흔들다리를 다 건너고 나니까 어이없다는 생각이 들었다. 바로 전날, 15층 호텔에서는 편하게 잠도 자고 밥도 먹었으면서 똑같은 높이의 다리를 건널 땐 마음을 졸였으니 말이다.

그때 알았다. 사람의 마음은 상황에 따라 달라지는 게 아니라 생각에 따라 달라진다는 것을. 흔들다리를 건널 때는 '이 다리는 정말 안전한 건가', '다리가 끊어지면 죽을 텐데', '하필 내가 건널 때 사고가 나면 어떡하지' 같은 생각을 했기 때문에 무서웠다.

호텔에서도 만약 '자다가 무너지는 거 아니야?', '지진이라도 나면 엘리베이터도 못 탈 텐데 계단으로 내려가다 죽는 거 아니야?'라고 생각했다면 불안해했을 것이다.

지금 내 마음이 요동치고 있다면 그건 상황 때문이 아니다. 생각 속에 떠도는 걱정과 불안 때문이다. 살다 보면 상황은 시시때때로 바뀐다. 좋은 상황에서 나쁜 상황으로, 나쁜 상황에서 좋은 상황으로.

내가 흔들다리 위에 있는지 아늑한 호텔에 있는지는 중요한 게 아니다. 어떤 마음으로 있느냐가 중요하다. 그러니 어떤 상황에서든 내 마음을 의연하게 지키는 연습을 해야 한다.

내 마음만 의연할 수 있다면

어떤 상황에서든 잘 살아갈 수 있다.

상황은 결국엔 지나가버리는 것이니까.

걱정과 불안이 파고들 틈이 없도록

스스로를 빈틈없이 꽉 안아주자.

짜증 나는 상황에서 짜증만 낸다면
감정이 상황에 지배당하게 된다.
내 감정이 상황에 지배당하도록 내버려두면
오늘 하루를 망치게 되니
결국 손해 보는 건 소중한 내 시간이다.

내가 어찌할 수 없는 상황에 감정을 낭비하기보다
나에게 주어진 시간을 더 즐겁게 쓰는 건 어떨까.

삶의 큰 틀은 바뀌지 않을 수도 있지만
똑같은 상황에서 어떻게 마음먹느냐에 따라
삶의 온도가 달라진다.

4

흘러가는 대로 홀가분하게

참는 게 이기는 거야

어렸을 때 남자애들이 놀리면 화가 나서 씩씩거리며 엄마에게 일러바치곤 했다. 그때마다 엄마는 "참는 게 이기는 거야. 네가 반응 안 하면 걔네들도 재미없어서 더 안 놀릴걸?" 하고 말해줬다.

참으니까 실제로 대부분의 문제가 사그라들었고, 사람들과 감정 낭비하는 일이 적어지기도 했다. 그런 경험을 몇 번하고 나니까 참는 게 가장 좋은 방법인 줄 알고 화가 나도 참기 시작했다.

그런데 좀 이상했던 것은, 분명히 어른들은 참는 게 이기는 거라고 했는데 아무리 참아도 이긴 기분이 들지 않았다는 것이다. 오히려 가슴 한편이 꽉 막힌 느낌이었다. 나중에 알게 된 건데, 그건 '참는 게 이기는 것이다'라는 말을 잘못 해석했기 때문에 생긴 부작용이었다.

성인이 되고 나서 '참는 게 이기는 것이다'의 진의는 뭘까 고민해봤다. 그 사람을 내 인생 밖으로 털어내고 자유로워지라는 의미가 아닐까. 내 감정을 담아두고 억누르라는 뜻이 아니라.

그런 사람을 상대하면 내 시간과 감정이 낭비되니까, 내가 손해보는 걸 하지 말라는 의미로 해주신 말씀인 것 같았다. 어차피 말로 해도 안 통할 사람이니 그냥 내 인생에서 아웃시켜버리라는 거다.

어른들이 앞뒤 설명 없이 "참는 게 이기는 거야"라고만 말씀해주셔서 어린 날의 나는 '참는 것'에만 초점을 뒀다. 그래서 감정 표현을 적절히 하지 못하고 참는 것만 잘하는 사람으로 자란 것이다.

누군가 공기를 넣어 풍선을 크게 부풀렸다고 생각해보자. 이때 풍선의 입구를 묶어버리면 안에 공기가 차 있어서 언제 터질지 모르는 상태가 되고 만다. 손가락으로 살짝 누르기만 해도 터질 것처럼 아슬아슬하다.

그런데 똑같이 풍선을 크게 부풀린다 하더라도 입구를 꽉 잡지 않고 손을 놓아버리면 안에 있던 공기가 다 빠져나간다. 그러곤 아무 일도 없었다는 듯이 원상태로 돌아온다.

이처럼 누가 무엇을 하든 '나는 나대로 사는 것'이 참는 게 이기는 거라는 말의 진의가 아닐까 생각해본다. 속이 곧 터질 것처럼 빵빵하게 부풀어 올라 있는데, 그 상태로 입구를 묶어버리는 건 이기는 것이 아닐 테니까.

안간힘을 쓰며 잡고 있는 풍선을 놓아버리면

터질 것 같은 마음도 한결 괜찮아진다.

나를 괴롭히는 건 그 사람이 아니라

그 사람이 나쁘다는 걸 알면서도 놓지 못하는 내 손이다.

이해가 안 되면 일단 외워

인간관계로 고민이 많던 시절, 타인의 마음을 전부 이해하는 것이 현실적으로 불가능한 일이라는 게 싫었다. 이해할 수 있다면 엇나가는 일도 없을 텐데 서로 이해하지 못해서 비틀어지곤 했으니까. 아무리 노력해도 이해가 안 되는 건 끝까지 이해가 안 되어서, 노력 때문에 더 답답해지는 경우도 있었다.

그런데 인간관계에 대한 고민이 끝날 때쯤 다시 정리해 보니, 타인을 전부 이해할 수 있으면 참 피곤한 인생이 될 것 같았다. 한 학기 전공 서적을 전부 이해하는 것도 머리가 터질 것 같은데, 타인이 겪어온 몇십 년의 인생을 이해하는 건 마음까지 터질 것 같지 않을까.

그 이후로는 타인을 이해하려고 노력은 해보되, 그래도 안 되면 '저 사람은 저런 사람이구나'라고 암기 과목 외우듯이 외우려고 했다. 다른 사람이 나를 있는 그대로 바라봐줄 때 마음이 따뜻해졌던 기억을 떠올려, 이번엔 나부터 다른 사람을 있는 그대로 받아들이는 연습을 해보기로 한 것이다. 그랬더니 사람을 대할 때 한결 마음이 편해졌다.

딸기를 딸기라고 외우면 '이게 왜 딸기지?' '왜 딸기라는 이름이어야만 하지?' '어떻게 이걸 딸기라고 부를 수 있는 거지?' 하는 의문을 가지지 않게 된다.

이처럼 그 사람의 성격을 그대로 외워버리니까 타인에게 가지는 의문이 많이 줄어들었다. 의문이 줄어드니 오해도 차츰 줄어들고, 인간관계로 머리 싸매는 일이 줄어드니 사람을 대할 때의 부담도 줄어들었다.

어릴 적 학원에 다닐 때 선생님께서 "이해가 안 되면 일단 외워. 외우다 보면 이해가 돼"라고 말씀해주셨는데, 그 말이 때로는 인간관계에도 적용되는 것 같다.

이해가 안 되면

일단 외워.

외우다 보면

이해가 돼.

따뜻한 물을 넣어주세요

몇 년 전 어느 겨울, 한파주의보가 내려졌던 주간에 변기가 얼어버렸다. 아무리 힘껏 물을 내려도 내려가지 않아서 결국 기사님을 불렀다. 기사님 두 분이 오셔서는 장장 이틀 동안 언 배관을 녹이는 데 애를 쓰셨다.

이틀 뒤, 일을 다 끝내고 기사님께서 돌아가실 때 소소한 팁을 알려주셨다.

"양치질할 때나 샤워할 때 따뜻한 물을 받아서 틈틈이 부어줘요. 그럼 이렇게 막힐 정도로 꽝꽝 안 얼어요."

그리고 다음 겨울, 혹시나 또 변기가 얼까 봐 이번에는 한 파주의보가 내려지기도 전에 틈틈이 따뜻한 물을 부어줬다. 그랬더니 신기하게도 이번에는 변기가 얼지 않았다.

지난번과 비슷하게 추웠고 똑같이 한파주의보도 내려졌는데, 가끔씩 따뜻한 물을 넣어줬더니 얼지 않았다. 덕분에 그해 겨울은 아무 탈 없이 넘어갈 수 있었다.

우리의 일상도 마찬가지인 것 같다. 삭막한 일상 속에 가끔씩 따뜻한 물을 부어줘야 얼지 않는다.

사는 게 바쁘다고 죽어라 일만 하면,

얼음이 쌓이고 쌓이다가 배관이 터져버린다.

여행이든 취미든 휴식이든 쇼핑이든,

어떤 모양이라도 좋으니 일상에 따뜻한 물을 흘려보내주자.

그러지 않으면 마음이 꽉 막혀서 애써 뚫어야 하니까.

관계를 오래 유지하는 비법

'우리'라는 관계에는 '나'와 '너'가 포함되어 있다. 이 관계를 잘 유지하려면 '나'를 빼서도 안 되고 '너'를 빼서도 안 된다.

'나'와 '너'가 있어야 '우리'다.

'너'에게 맞춰주느라 '나'를 버려서도 안 되고,

'나'에게 맞춰달라고 '너'를 버리게 해서도 안 된다.

둘 중 하나가 버려지면 균형을 잃고 무너지고 만다.

'우리'가 아니라 '한쪽'만을 위한 관계가 된다.

내가 내키지 않는데 굳이 억지로 해주려고 하지 말자. 한두 번은 해줄 수 있지만, 평생 해줄 수 없는 일일 테니까. 힘들면 힘들다, 못 하겠으면 못 하겠다, 솔직하게 털어놓으면 된다.

상대방이 내켜하지 않는데 굳이 억지로 하게끔 만들지 말자. 한두 번은 들어줄 테지만, 얼마 지나지 않아서 원래의 모습으로 돌아온다. 나도 어쩌지 못하는 내 모습이 있듯이, 상대방도 마찬가지다.

관계를 오래 유지하는 비법은 따로 있는 게 아니다.

각자의 모습을 존중하면서 서로를 바라보면 된다.

그게 '우리'다.

나를 너무 힘들게 하는 사랑은 이제 과감히 놓아버리기로 했다. 나를 고통스럽게 해가면서 사랑해야 될 사람은 이 세상에 없다는 걸 알기 때문이다.

예전에는 지금 이 사람이 내 운명이라 믿고 모든 것을 감내하려 했지만 '나를 아프게 하는 게 과연 운명일까?' 라는 생각이 든 이후부터 굳이 나를 깎아내려가며 누군가를 사랑하지 않기로 했다.

나는 나 자체로 충분히 사랑받을 자격이 있는 사람이다.

끝끝내 인연을 못 찾아서 혼자 살게 된다 하더라도 혼자 행복하게 사는 게 낫지. 둘이서 아프게 살고 싶지는 않다.

나에게는 지금 이 순간의 내 행복이 가장 중요하다.

출근길 버스에서 쪼그려 앉기

지하철이나 버스에서 오래 서 있으면 어지럼증을 느끼며 얼굴이 창백해지는 증상이 자주 일어났다. 큰 병원에 가니 의사가 '기립경 검사'를 해보자고 했다. 결과는 '미주신경성 실신'이었다.

"숨이 막히거나 어지러우면 바로 앉거나 누우세요. 그러 면 증상이 완화될 겁니다"라고 의사가 말했다.

큰 병인 줄 알고 식겁했는데 평소에 주의하면 된다고 하 니 가벼운 마음으로 돌아갔다.

그리고 다음 날, 지하철을 타는데 또 숨이 막혀오면서 식은땀이 나기 시작했다. 의사가 앉으면 좀 나아질 거라고 조언해줬는데, 사람 가득한 출근길 지하철 안에서 바닥에 쪼그려 앉기가 눈치 보였다. 사람들이 나를 이상하게 볼 것만 같았기 때문이다.

사람이 너무 많아서 움직일 수도 없고, 지하철에서 내리자니 지각할 것 같고. 참다참다 도저히 안 되어서 신발끈을 묶는 척하며 쪼그려 앉았다.

몸을 낮추니 숨이 막힐 것 같던 증상이 꽤 괜찮아졌다. 신발끈을 일부러 천천히 묶으며 주위를 둘러봤는데, 민망하게도 나를 쳐다보는 사람은 아무도 없었다. 나에게 관심은커녕 다들 본인 핸드폰 보기 바빴다.

그때 스스로가 참 미련하다는 생각이 들었다. 어차피 지하철에서 한 번 보고 말 사이인데 뭘 그렇게까지 눈치를 본 건지. 설령 사람들이 나에게 관심을 가진다 하더라도 내가 당장 쓰러질 판인데 눈치 보는 것이 먼저라니.

다른 사람의 시선을 생각하느라 나를 돌보지 않은 것 같아서 한심스러웠다. 그 일이 있은 후부터 숨이 가빠오기 시작하면 남들 눈치 보지 않고 바로 쪼그려 앉았다. 여전히 '남들이 나를 이상한 사람으로 오해하면 어떡하지?'라는 생각이 따라오긴 하지만, 일단 내가 살고 봐야 하니까 주저하지 않는다.

사회생활을 할 때도 마찬가지다. 서로 눈치 보며 맞춰가는 것이 사회생활이지만, 당장 내가 쓰러질 것 같은데 참기만 하는 건 지혜롭지 못한 선택이다. 다 잘 살아보려고 돈을 버는 것인데, 돈을 벌면서 정신 건강을 해치고 있으면 주객이 전도된다.

숨길을 틀 수 있는 방법을 찾아보자. 대화를 통해 문제를 해결하든 다른 곳으로 이직을 하든, 내가 더 나아질 수 있는 선택을 하자.

참는 게 능사는 아니다.

0퍼센트의 확률을 가진 소원

어제까지는 분명히 마카롱이 맛있었는데, 오늘이 되니까 마카롱이 너무 달아서 맛없게 느껴졌다. 몇 년 전에는 강렬한 빨간색이 좋았는데, 지금은 두루두루 잘 어울리는 회색이 좋아졌다. 예전에는 게임이라면 환장했는데, 지금은 게임하는 것조차 귀찮아서 잠을 택한다.

사람 마음이란 건 이렇게 왔다 갔다 한다. 1분 전에는 좋았던 것이 바로 1분 뒤에는 싫어지기도 한다.

성질이 딱 정해져 있는 것도 좋았다 싫었다 변덕이 심한

데, 마음이 딱 정해져 있지 않은 사람은 오죽할까. 타인의 비위를 전부 맞추는 건 불가능한 일이다.

나도 이렇게 좋았다 싫었다 하는 것처럼, 상대방도 그럴 수 있음을 받아들여야 한다. 딱히 이유 없이 멀어질 수도 있고, 설령 이유가 있다 하더라도 그게 전부 내 탓은 아니다. 똑같은 내 모습인데도 싫어하는 사람이 있는 반면에, 그걸 좋아하는 사람도 있으니까.

로또 1등에 당첨될 확률, 길 가다가 번개에 맞을 확률, 지구가 멸망할 확률은 아무리 낮더라도 가능성이 있는 숫자로 매겨진다. 하지만 모든 사람의 마음에 들 확률은 0퍼센트다. 일단 나부터도 모든 사람의 모든 면을 좋아하지는 않으니까.

0퍼센트의 확률을 가진 소원이 이루어지지 않았다고 우울해하지 말자. 소원을 들어주는 사람이 괘씸하게 여긴다.

싫어질 수도 있고,

좋아질 수도 있다.

함부로 단정 짓지 말 것

‘나’라는 사람은 딱 한 단어로 정의할 수 없다. 딱 한 직업으로 설명할 수도 없고, 딱 한 성격으로 표현할 수도 없다.

이런 사람도 되었다가 저런 사람도 되었다가,

이것도 되었다가 저것도 되었다가,

그렇게 사는 게 인생이다.

어찌어찌 조건에 타협해서 원하지 않는 회사나 부서로 입사하게 되었다면 원하지 않는 일이니 어떤 일을 맡아도 만족스럽지 않을 것이다. 처음에는 ‘일이 만족스럽지 않다’로 시작하는데 어느 순간부터 '이런 일을 하는 내가 만족스럽지 않다'는 생각까지 뻗어가기도 한다.

그럴 땐 세상을 길게 보는 게 좋다. 지금 당장은 어쩔 수 없이 이 일을 하고 있지만, 열심히 커리어를 쌓아서 이직할 때 더 좋은 직장으로 옮기면 된다.

지금의 모습이 내 평생의 모습은 아니다.

시작은 비록 낮은 곳이었을지 몰라도

끝은 어디에 있을지

살아보지 않으면 그 누구도 모른다.

그러니 지금의 내 모습만 보고

함부로 나를 단정 짓지 말자.

마지막이 아닐 테니까

　일을 하다 보면 좋은 기회가 오곤 하는데, 시기가 맞지 않아서 거절할 수밖에 없었던 적이 있다. 마음이 찢어지다 못해 문드러지기까지 했다. 다신 오지 않을 기회 같았기 때문이다.

　이미 계약된 일이 있어서 새로운 기회까지 잡아버리면 절대적인 시간이 부족한 상황이었다. 시간이 부족하면 퀄리티도, 멘탈도, 건강도 다 놓칠 게 뻔했다. 그래서 마음이 아파도 거절하기로 했다.

'큰 그림'을 그리기로 한 것이다. 새로운 기회를 붙잡는 것도 중요하지만, 내가 소화할 수 있는 범위가 어디까지인지 정확하게 알고 최상의 퀄리티를 뽑아낼 수 있도록 조절하는 것도 중요하니까.

당장 눈앞의 성공에 조급해져서 섣부르게 선택하지 않기로 했다. 지금은 지금에 집중하기로 마음먹었더니 날아간 기회가 아쉽긴 해도 마음이 아픈 건 차차 괜찮아졌다.

놀랍게도 몇 달 후, 내가 놓아준 기회보다 더 좋은 기회가 찾아왔다. 이전의 일을 잘 마무리한 걸 보았다며 나와 함께 일하고 싶다는 연락이었다.

두 마리 토끼를 잡으려다 둘 다 놓칠까 봐 한 마리를 놓아줬지만, 내심 계속 불안해했었다. '어쩌면 내 인생에 딱 한 번 찾아오는, 꼭 잡았어야 할 토끼였는데 내가 너무 엄살 부린 건 아닐까' 하고 말이다. 그런데 그때 내가 놓아준 토끼는 다른 토끼로 나에게 찾아와 다시 행운이 되어주었다.

기회는 언제나 찾아오지 않는다. 하지만 기회가 눈에 밟혀 감당하지 못할 만큼 무리해서 받으면 안 하느니만 못하

게 되어버릴 때도 있다. 기회라고 해서 전부 좋은 기회로 남
는다는 보장은 없으니까.

감당할 수 있는 만큼 일하고,

그 안에서 최선을 다하며 살다 보면

기회는 또 찾아온다.

그러니 이미 떠나보낸 것들에 후회를 남기지 말자.

이번이 마지막이 아닐 테니까.

나는 내 편

원하는 대로 만들어내지 못한 오늘의 결과물에 마음이
쓰리겠지만, 결과를 내기까지 밤낮으로 열심히 노력하
고 어떻게든 해내려고 했던 내 진심을 귀하게 여겨줘야
한다.

왜 이뤄내지 못했는지 하나부터 열까지 따져보는 것도
중요하지만, 그 전에 상할 대로 상해버린 내 마음부터
다독여주자.
아프게 자책하지 말고 나만은 내 편이 되어줘야 한다.
그래야 빛을 잃지 않는다.

교차로에 선 너에게

　가끔 고속도로를 타고 가다 보면 교차로 가운데에 멈춰 있는 자동차가 눈에 띌 때가 있다. 왼쪽으로 가야 할지 오른쪽으로 가야 할지 고민하다가 결정하지 못해서 결국 세워버린 모양이다.

　우리도 살다 보면 교차로와 마주할 때가 있다.
　왼쪽을 선택하든 오른쪽을 선택하든,
　어떤 선택이든 해야만 할 때.

교차로와 5킬로미터 정도 떨어진 곳에서는 계속 고민해도 되지만 500미터, 300미터, 100미터 앞까지 왔는데도 선택을 하지 못하면, 교차로 가운데를 들이받게 된다.

고민이 길어지는 이유는 어떤 선택이 옳은 선택인지 확신이 들지 않아서일 것이다. 왼쪽을 선택하면 '오른쪽으로 갈걸' 하는 아쉬움이 남을 것 같고, 오른쪽을 선택하면 '왼쪽으로 갈걸' 하는 아쉬움이 남을 것 같고. 어떤 선택이 더 나을지 헷갈려서 망설이게 된다.

선택의 기로 앞에서 초조해하고 있는 사람에게 해주고 싶은 말은 '어떤 선택이든 아쉬움은 남는다'는 것이다.

선택하지 않은 나머지 한쪽은 내가 안 가본 길이 되어버리기 때문에 어떤 선택을 하든 경험해보지 못한 것에 대한 아쉬움은 남게 되어 있다. 그러니 너무 길게 고민하지 말고 선택하자.

어떤 선택이든 교차로를 들이받는 것보다는 낫다.

아쉬움이 없는 선택은 없다.

조금 부족하더라도 매 순간에 최선을 다해서

만족으로 길이 날 수 있도록 하는 것이

오늘의 내가 할 수 있는 일이다.

마음이 보내는 신호

격식 있는 자리에 입고 가려고 꽤 비싼 하얀색 블라우스를 산 적이 있다. 백화점에서 사올 때부터 구겨지지 않게 극진히 모셨다. 그런데 이상하게도 그 블라우스를 한 번 입고 나니까 또 입기가 싫어졌다.

하얀색이라 안에 입을 속옷도 신경 써야 하고, 뭐가 묻을까 봐 조마조마해야 하고, 구겨진 곳을 펴려면 열에 녹지 않도록 천을 덧대서 여러 번 다림질을 해야 했다. 한마디로 그 옷을 꺼내 입는 게 부담스러웠다. 예쁘고 비싼 블라우스였는데, 하루 입고 바로 장롱행이 되어버렸다.

부담을 느끼면 내 것이 아닌 것이다. 일 때문에 힘들고 지칠 수는 있지만, 일을 맡는 데 부담만 가득하다면 내 자리가 아닌 것이다. '부담'이라는 건 내 마음이 원하지 않는다고 신호를 보내는 것이기 때문이다.

내 마음이 보내는 신호를 무시하지 말자.
처음 몇 번은 무시할 수 있지만, 그다음부터는 일을 맡을 때마다 심장이 쿵쾅쿵쾅 뛰어서 몸을 상하게 만든다.

아무리 원했던 것이라도

지금 내 마음이 아니라고 하면

억지로 움켜쥐어봐야

온전히 내 것처럼 느껴지지 않는다.

남들이 이해하지 못해도 괜찮다

처음 콘텐츠와 관련된 일을 시작할 때, 가족과 친척들은 나에게 응원보다는 우려 섞인 말부터 꺼냈다. 친척들은 종종 물었다.

"그 일은 돈이 되니?"
"평생 먹고살 만한 직업이니?"

내가 이 일을 어떤 마음으로 하는지, 어떻게 꾸려나갈 건지 빠짐없이 설명해서 이해시켜주고 싶었다. 하지만 그 마음을 참고 "그냥 열심히 하고 있어요"라고만 답했다. 아무리 설명해도 내 마음 전부를 이해시킬 수는 없을 것 같았기 때문이다.

그렇게 몇 년 동안 꾸준히 일하며 가족에게 손 벌리지 않고 독립적으로 살아가자 주변 사람들도 더는 나에게 무례한 질문을 하지 않았다. 내 방식대로 알아서 잘 살고 있다는 게 눈에 보여서일 것이다. 굳이 말로 이해시키려고 하지 않아도 자연스럽게 아는 것 같았다.

사람은 남에게 인정받고 싶고, 남에게 나를 이해시키고 싶은 욕구가 있다. 내가 걸어가는 길에 든든한 힘이 되어주니까. 남들이 나에 대해 동의해주면 옳은 길을 가고 있다는 기분이 드니까.

주변 사람들이 처음부터 나를 인정해주고 이해해주면 좋겠지만, 이상과 같지 않다 하더라도 굳이 남들에게 내 삶을 납득시키려고 하지 않아도 된다. 어차피 남은 나를 완벽하게 이해할 수 없다. 나조차도 남을 완벽하게 이해하지 못하니까.

내가 '나'인 것을 남들이 이해하지 못해도 괜찮다.

내가 '나'인 것을 굳이 남들에게 설명하지 않아도 된다.

내가 나를 모르는 것은 문제가 될 수 있지만, 남이 나에 대해 모르는 건 문제가 되지 않는다.

타인으로부터 조금만 더 자유로워지자.

그러면 내 삶을 살 수 있게 되고

그렇게 살다 보면

이해받는 날이 오기도 하니까.

상처받은 건 진심을 다했기 때문이었다

나는 상처를 잘 받는 내 모습에 상처를 받곤 했다.

억척스럽게 살아남아야만 하는 이 세상에서 나만 너무 나약한 존재인 것처럼 느껴졌기 때문이다. 왜 나는 담담하지 못할까, 왜 나는 스트레스 때문에 위염을 달고 사는 걸까, 왜 나는 울음을 참지 못할까. 늘 내가 모자란 것처럼 느껴졌다.

그런데 몇 주 전부터 준비했던 행사가 엎어졌던 날, 나는 그냥 무덤덤한 표정만 짓고 있었다. 그때 친구가 다가와 나를 위로해줬다.

"너 그거 열심히 준비했었는데 엎어져서 속상하겠다."

하지만 나는 하나도 속상하지 않았다. 화나지도 않았고, 슬프지도 않았다. "나였으면 엄청 속상했을 것 같은데. 넌 그거 별로 안 하고 싶었어?" 하는 친구의 말에 힌트를 얻었다.

나는 모든 일에 상처를 받는 게 아니었다. 내가 기대하고 원하고 진심을 다했던 일에만 상처를 받았다. 그렇게 생각하니 상처받는 건 나약한 게 아니라는 생각이 들었다.

진심을 다하는 건 멋진 거니까.
상처받을 수 있는 진심이 있다는 건 따뜻한 거니까.
그 이후로 나는 상처받는 내 모습도 좋아하게 되었다.
나는 상처를 잘 받는 사람이 아니라 진심을 다하는 사람이라는 걸 알게 되었다.

상처를 받는다는 건

그만큼 진심을 다했다는 것.

네가 이긴 거야

나를 욕하는 사람이 열 명 있다 하더라도 나를 사랑해주
는 사람이 한 명이라도 있으면 내가 이긴 거다.
'사랑'이라는 마음은, 마음 중에서 가장 큰 마음이니까.
한 사람이 사랑해주는 마음이 수천 명이 욕하는 마음보
다 훨씬 더 큰 법이니까.
그러니 누가 나를 욕해도 사람들 앞에서 주눅들지 않아
도 된다. 나는 사랑받는 사람이니까.

이 글을 읽고 있는 너도 사랑받는 사람이다. 내가 이 글
을 쓸 때 사랑을 가득 담아두었으니까.

실패한 인간관계

인간관계가 내 마음대로 되지 않을 때 흔히 '인간관계가 실패했다'라고 여긴다. 하지만 인간관계에서는 실패도, 성공도 없다고 생각한다. 넓어지냐 좁아지냐, 깊어지냐 얕아지냐의 차이만 있을 뿐이다.

나랑 가깝게 지내는 사람이 열 명이 있다고 가정해보자. 그들과 몇 달 지내보니까 열 명 중 다섯 명이 나랑 맞지 않는다는 게 느껴지기 시작했다. 서로 투닥거리며 감정 싸움을 하다가 다섯 명과의 관계가 끊어졌다.

어떤 관점으로 봤을 때는 가까이 지내는 사람의 숫자가 반 토막이 났으니 '내 인간관계는 실패했네'라고 생각할 수 있다. 하지만 다른 관점으로 보자면, '나랑 맞지 않는 사람을 끊어내는 데 성공했네'라고 생각할 수도 있다.

인간관계가 잘 쌓이는 시기가 있는가 하면, 우수수 떨어져나가는 시기도 있다. 인간관계는 추가와 삭제가 반복되는 거니까. 몇 명이나 알고 지내는지 그 숫자가 중요한 게 아니다.

내 진심 전부를 털어놓을 수 있는 한 명 한 명을 사귀는 게 더 낫다고 느껴지는 순간도 있다. 그러면 인간관계가 '실패'라는 단어와 어울리지 않다는 걸 알게 된다.

완벽한 성공도 없고, 완벽한 실패도 없다.

내 곁을 떠나가는 사람과

내 곁에 머물러주는 사람들만 있을 뿐.

인생의 덫

이것도 안 되고 저것도 안 되고, 뭐 하나 내 뜻대로 되는 일이 없는 시기가 찾아오곤 한다. 대체 나에게 왜 이러는지 짜증 나고 억울하고 화가 난다.

나는 왜 한 번에 되는 게 없을까, 안 좋은 일은 왜 한꺼번에 몰려오는 걸까. 감정이 요동치니까 균형을 잡기 어렵다. 균형을 잃으면 내가 쌓아왔던 것들이 도미노처럼 와르르 무너지기 시작한다. 누군가는 신경성 질환으로 건강을 망치고, 누군가는 성질을 있는 대로 부려서 인간관계를 망치고, 누군가는 집중을 하지 못해서 일을 망친다.

지금 이 시기의 나는 덫에 걸린 것이다. 사냥꾼이 수풀 속에 덫을 설치했는데, 우연히 산속을 올라가던 내가 걸려버린 것이다. 왜 하필 내가 올라가는 길에 덫이 설치되어 있는지 억울해서 발버둥 치고 싶을 것이다. 하지만 이때 발버둥 치면 올가미가 내 발목을 조여오고 상처만 깊게 파인다.

그럴 땐 가만히 서서 놀란 마음을 진정시키고 내 발목을 조이고 있는 올가미를 끊어내야 한다. 안 좋은 일을 머릿속에서 되새김질하는 건 현명한 행동이 아니다. 시간을 되돌리는 능력을 가지고 있는 게 아니라면, 빨리 잊고 0의 상태로 돌아오려고 노력하는 것이 좋다.

가위는 이미 손에 쥐고 있다.

가위를 사용하는 방법도 이미 알고 있다.

그러니 나쁜 생각이 찾아오면 잘라버리자.

한 면 한 면 접으며 종이학을 만들지 말고.

내 마음의 욕심쟁이

잘하고 싶은 욕심이 많았었다.

잘하고 싶은 욕심이야 다들 조금씩 있겠지만 나는 그 욕심이 과해서 마음 한구석에 '불안'이라는 녀석을 키웠다.

조금이라도 못하면 와르르 무너질까 불안해서 스스로를 채찍질하고, 조금이라도 잘되면 손에 쥐고 있는 것을 잃을까 불안해서 스스로를 채찍질했다.

결과와 상관없이 마음은 늘 채찍질당하는 신세가 된 것이다.

그렇게 매번 조급해하면서 사니까 원하는 걸 얻어도 얻은 게 아니었다. 좋으면 좋은 대로 즐길 줄 알아야 하는데 좋아도 좋은 줄 모르고 더 좋은 것을 찾기 바빴다. 또, 나쁜 건 훌훌 털어버려야 그다음이 있는데 안 좋은 결과에 연연하느라 그다음을 생각하지 못했다.

가지면 가진 대로 불안해하고, 잃으면 잃은 대로 불안해하고. 그 어떤 순간도 즐기지 못하고 불안으로 허비했다.

조급해하고 불안해하느라 의연하게 넘기는 방법과 우직하게 버티는 방법 그리고 다시 일어나는 방법은 배우지 못했던 것이다.

잘하는 것, 갖는 것, 잃지 않는 것도 중요하지만

가진 것에 만족하지 못하면

공허하고 외로운 삶이 되어버린다.

무모한 줄 알면서도 무모하게 사랑하겠다

그는 아주 수동적인 사람이었다. 회사 일도 딱 시키는 것만 했고, 새로운 일을 찾아서 하기보다는 원래 하던 것만 하는 걸 좋아하는 사람이었다.

인간관계도 마찬가지였다. 친구들 모임도 다른 사람이 불러 모아야 나갔고 자신에게 도움이 될 만한 사람에게도 먼저 밥을 먹자고 제안하는 일이 없었다.

그런 그가 매우 능동적으로 변하는 순간들이 있는데, 그건 바로 나와 관련된 일들이었다. 숙맥인 사람이 나에게 단

둘이 카페에 가자고 말하고, 밥 먹은 다음 가볍게 산책 나가는 게 어떠냐고 묻고, 뜬금없이 벚꽃을 보러 가자고 말했다. 썸이라고 할 것도 없는 사이였는데도 말이다.

관계가 진전되어 연애를 할 때도 나와 관련된 일이라면 1분 전까지만 해도 수동적이었던 사람이 바로 능동적으로 바뀌었다.

그 사람은 무모하리만치 나를 사랑했던 것이다.

그런 게 사랑 아닐까. 내가 원래 어떤 사람이었든 상관없이 상대방을 위해 변하는 것. 무모한 줄 알면서도 무모해지는 것. 눈에 보이지 않는 사랑도 눈에 보이게 그려주는 것.

이 세상에 나와 인연이 될 가능성이 있는 사람은 백만 명이지만, 그 사람들을 뒤로하고 한 사람만을 택한 이유는 바로 그런 모습 덕분이 아니었을까.

앞뒤 재지 않고

무모하게 퍼부어주는 사랑.

괜찮은 이유

마음이 너무 힘들어서
바닥 끝까지 무너지는 날
네가 내 곁에 있어서
괜찮다, 괜찮다 말할 수 있다.

나 혼자서는
도저히 견딜 수 없었던 일들이
네가 내 곁에 있다는 것만으로
나를 버티게 만들어준다.

언제부터인지는 잘 모르겠지만
나는 너로 인해 살아가고 있는 것 같다.

네가 나의 아침이고,

네가 나의 새벽이다.

고맙다, 내 곁에 있어줘서.

5

그냥 좋아서

네가 나빠서 잘못된 게 아니야

타인에 의해 나의 열심이 깎여내려간 적이 있었다. 나는 분명히 내가 맡은 일을 하고 있었는데 중간자 역할을 하고 있는 사람에 의해 전부 휘발되어버린 것이다. 그것 때문에 나와 함께 일하던 사람이 몇 주 동안이나 나를 오해하고 있었다는 걸 알게 되었다.

나도 모르는 사이에 나는 이미 나쁜 사람이 되어 있었다. 각자가 갖고 있던 오해를 풀기 위해 한자리에 모여 진솔한 이야기를 나누었지만, 오해가 사라졌다 해도 이미 비뚤어질

대로 비뚤어져버린 감정의 굴곡 때문에 분위기가 예전 같지 않았다.

평소에 사람을 100퍼센트 믿는 성격은 아니었지만, 같은 목적을 가지고 서로 독려하던 관계라 이런 일이 발생할 줄은 꿈에도 몰랐다. 너무 큰 상처를 받아, 돌이킬 수 없는 강을 건넌 것만 같은 기분까지 들었다.

중간자 역할을 하고 있던 사람이 미안했는지 다시 잘해보자고 먼저 다가와줬지만, 나는 그 손을 잡기가 두려웠다. 그래서 그냥 주어진 일만 묵묵히 해냈다.

하루는 아침에 버스를 기다리고 있는데 서러운 마음이 울컥 올라왔다. 대체 내가 뭘 잘못했길래 그런 오해를 받아야 하는 건지, 논의한 대로 진행하고 있었는데 왜 내가 다 뒤집어써야 하는 건지. 모든 게 다 원망스러워서 당장이라도 그만둘 각오로 가장 윗선에 계신 분께 그동안의 사정을 이야기했다.

정말 바쁜 와중에도 열심히 하노라고 했는데 그동안의 노력들이 다 날아가버렸다고. 너무 서러워서 눈물이 멈추지를 않았다고.

다 그만두고 싶던 내 마음을 돌려세운 건 그분이 말씀해주신 딱 두 문장이었다.

"네가 팀에서 고군분투하고 있는 거 나는 알고 있어. 네 덕분에 일이 그 정도까지 진행되었다는 것도 알고 있고."

아무도 내 힘듦을 몰라준다고 생각했는데 가장 알아줬으면 하는 사람이 알아주고 있었다는 걸 알게 되니 억울했던 마음이 한순간에 씻겨 내려갔다. 그리고 그분이 이어서 말씀해주셨다.

"사람들이 자기가 한 일은 너무 크고, 남이 한 일은 크게 생각하지 않는 것 같아. 네가 나쁘거나 잘못해서 이런 일이 생긴 게 아니야."

진심이 담긴 답장을 한 줄 한 줄 읽는데, 사람이 미어터지는 버스 안에서 마치 애인에게 차인 사람처럼 엉엉 울었다.

이제야 고백하지만, 그때 그 일로 공황장애를 얻었었다. 핸드폰 진동이 울리기만 해도 심장박동 소리가 밖으로 들릴 정도로 심장이 뛰고 손에 식은땀이 났었다. 나를 나쁜 사람으로 몰고 간 사람의 이름 석 자만 봐도 온몸의 피가 빠져나가는 느낌이 들고 호흡이 가빠졌다.

그런데 누군가의 다정한 위로 덕분에 심했던 증상들이 조금씩은 완화되기 시작했다. 다시 또 증상이 나타날 때마다 '내가 나빠서 이런 일이 생긴 게 아니야. 내가 잘못해서 이런 일이 생긴 게 아니야'라고 되뇌었다.

누군가 나와 비슷한 일에 처해 있다면

이렇게 말해주고 싶다.

"네가 나빠서 그렇게 된 게 아니야.

그러니까 너를 탓하지 마."

마음에 든 멍

책상 의자에 앉을 때 양반다리를 하고 앉는 것을 좋아한다. 그러다 보니 자세를 고치다가 책상 모서리에 왼쪽 무릎이 부딪혀 멍이 생기는 일이 잦다.

여름에 반바지를 입고 다니면 시퍼런 두세 개의 멍 자국이 사람들 눈에 띄는데, 사람들은 내 멍 자국을 보고 자신의 몸이 내 무릎에 닿지 않도록 조심해준다. 혹시나 멍든 부분에 닿게 되면 내가 아플 걸 알기 때문이다.

사람의 마음도 내 무릎처럼 눈에 보이면 좋겠다는 생각이 들었다. 그러면 '저 사람은 마음에 멍이 들어 있구나' '저 사람은 저런 것에 상처를 잘 받는구나' 하며 조심해줄 텐데. 마음에 든 멍은 무릎에 든 멍보다 더 시퍼렇고 아픈데.

다친 내 마음이 덧나지 않도록

사람들이 조심해주면 더없이 좋을 텐데.

시간이 필요한 일

친구의 집들이에 내가 키우는 강아지 '단추'를 데리고 갔다. 다른 친구 한 명도 강아지를 데리고 온다고 하길래 친구를 만들어주면 좋을 것 같았다. 단추는 잘 짖지도 않고 으르렁거리지도 않는 착한 개라서, 친구가 데리고 오는 '율무'라는 개와도 당연히 잘 지낼 거라 믿었다.

하지만 그 믿음은 첫 만남에서부터 깨져버렸다. 율무가 냄새를 맡기 위해 성큼성큼 다가와 얼굴을 들이밀었는데, 단추는 자신을 공격한다고 느꼈나 보다. 갑자기 율무의 오른쪽

머리를 깨물려고 했다. 잠깐 불꽃이 튄 거라 다친 곳은 없었지만, 한바탕 다툼이 있은 후로 단추는 좀처럼 진정하지 못했다. 율무를 믿지 못하게 된 것이다.

결국 단추의 목줄을 소파 다리에 묶어 움직임의 반경을 제한해두었다. 친해지지 않는 강아지들에게는 시간을 주는 게 가장 좋다고 말해준 훈련사의 영상을 본 기억이 있었기 때문이다. 율무 엄마는 율무와 단추가 친해지길 바라서 율무를 안고 다가갔지만 단추는 쉽게 마음을 열어주지 않았다. 단추가 자꾸 밀어내니 율무도 함께 으르렁거리는 지경까지 오게 됐다.

나는 '둘이 밖에서 만나게 한 다음 들어올걸' 하며 후회했다. 첫 단추부터 잘못 꿰어진 것이다. 하는 수 없이 둘의 구역을 나눈 다음, 음식을 먹으며 수다를 떠는 데에만 집중을 했다.

단추와 율무를 떨어뜨려놓은 지 세 시간쯤 지났을까. 둘이 살짝 붙여놓아도 더 이상 으르렁거리지 않았다. 네 시간이 지나니까 소파 위에서 몸을 맞대고 엎드려 있었다. 다섯 시간이 지나니까 둘이 함께 자기도 했다.

좀처럼 친해지지 않을 것 같던, 앙숙 같던 두 강아지도 시간이 지나니까 괜찮아졌다. 다른 비법이 있었던 게 아니다. 서로가 나쁜 개가 아니라는 걸 믿을 시간을 준 것뿐이었다. 어떤 문제가 있었던 게 아니다. 낯설었기에 서로가 두려웠던 것뿐이다.

지금 내가 하고 있는 일이 어렵고 힘들다고 느낄 수 있다. 그 일이 나랑 안 맞아서 그런 것일 수도 있지만, 적응하는 데 시간이 필요한 일이라서 그런 것일 수도 있다.

처음이니까 낯설고, 왠지 잘해내지 못할 것 같으니까 두려움이 앞서고. 한마디로 아직 확신을 가지지 못한 것이다. 일과 내가 친해질 때까지 조금 시간을 줘야 한다. 일은 하다 보면 적응이 되고, 서서히 느는 게 느껴질 것이다.

적응하는 속도가 남들보다 느릴 수도 있다. 한 번에 확 늘

지 않을 수도 있다. 사회성이 좋은 개가 있는 반면에 사회성이 좋지 않은 개도 있는 것처럼, 나도 적응이 느린 사람일 뿐이다. 친해지는 데 더 많은 시간이 필요한 것뿐이다.

어느 순간 경계심이 탁 풀리는 순간이 찾아온다.

그때까지는 스스로에게 시간을 주자.

닦달할수록 둘 사이의 거리는 멀어진다.

다른 사람의 고통에 마음 아파한 적은 있지만 그 아픔 때문에 눈물을 흘려본 적은 없었다. 그런데 어느 날 네가 "이게 맞는 건지 모르겠어. 잘 안 되면 어떡하지. 다 접고 다시 돌아가야 하는 걸까"라고 말하는데, 나도 모르게 눈물이 났다.

그 고통이 어떤 고통인지 알기에, 내가 너를 아무리 위해준다 하더라도 대신해줄 수 없는 고통이기에 눈물이 났었다.

타인을 위해 눈물을 흘리는 건 어려운 일이다. 어떤 아픔도 자신의 아픔보다 더 크게 느껴지진 않으니까. 하지만 나는 너를 위해 눈물을 흘려줄 수 있다.

너는 그만큼 소중하고 사랑스럽고 특별한 존재니까. 그렇다고 너를 아프게 하는 이유들이 완전히 사라지진 않겠지만 네가 조금이라도 덜 아프도록 내가 너의 방공호가 되어주고 싶다. 나는 네가 내 눈물을 이 힘든 시기의 위로로 삼았으면 좋겠다.

너 스스로를 믿기 어렵다면
너를 믿고 있는 나를 믿어봐줄래?
나는 신이 아니라서 다 잘될 거라는 약속은 못 해주지만, 다 잘되지 않아도 내가 늘 네 곁에 있을 거라는 말은 해줄 수 있으니까.

미로의 탈출구

결과는 중요하지만 결과에 연연하지 않는 것은 더 중요하다. 결과만 생각하다가 중간에 일이 꼬이면 어차피 안 될 것 같다고 쉽게 포기해버리기 때문이다.

결과보다 과정이 더 중요하다는 말을 하고 싶은 것이 아니다. '안 될 거야'라고 포기하는 것과 '안 될 것 같지만 그래도 일단 해보자'는 많이 다르다는 거다. 둘 다 좋은 결과를 얻지 못했지만 후자는 '끈기'라는 것을 배웠으니까.

한 번에, 단시간에 성공하는 일은 거의 없다. 몸이 으스러지도록 뛰어다녀야 할 때도 있고, 엉덩이에 땀띠가 날 정도로 앉아서 시간을 쏟아야 할 때도 있다.

그때 필요한 습관이 '끈기'다.

결과에만 매달리다 보면 안 될 것 같을 때 끝까지 해보지도 않고 쉽게 포기해버리는 경우가 생긴다. 그런데 그게 두 번이 되고 세 번이 되면, 포기가 습관이 된다.

그러니 '일단 해보는 것'에 의미를 두자.

잘되든 잘 안 되든 해보는 것에 의미를 둔다면 내가 선택한 길이 미로 속 막힌 길이라 하더라도, 웃으면서 의연하게 뒤로 돌아 미로의 탈출구를 찾으러 가게 된다.

출구에 도달하기까지

어떤 고민을 갖고 어떻게 해결해갔는지

나의 발자취를 남기는 게 중요하다.

그러면 다음 단계의 미로에서는 덜 헤맬 수 있다.

전부가 아니다

우리는 살면서 남들에게 다양한 평가를 받는다. 외모, 성격, 학벌, 능력, 집안까지. 그 평가를 통해서 인간관계가 맺어지기도 하고, 어떤 회사로 갈지 선택되기도 하고, 내 위치가 결정되기도 한다.

누군가는 죽고 나서도 업적으로 평가받는 걸 보면, 사람은 죽어서까지 평가에서 벗어날 수 없는 것 같기도 하다.

타인이 나를 평가할 수는 있다. 하지만 나는 타인의 평가에서 자유로워질 필요가 있다.

내가 지원한 회사가 나를 떨어뜨릴 수도 있고, 어떤 집단이 내 뒷담화를 할 수도 있고, 열심히 일했어도 좋은 결과를 얻어내지 못할 수도 있다.

그런데, 그렇다고 해서 내 인생이 끝나지는 않는다. 다른 선택을 하거나 방향을 바꾸는 새로운 안이 생겼을 뿐 인생이 무너진 것은 아니다.

남들의 평가로부터 자유로워지자.
두려움에 얽매이면 아무것도 할 수 없다.

사람들이 보는 내 모습은 나의 특정한 한 면일 뿐이다.

아주 일부의 문장들로 나의 모든 것을 설명할 수 없다.

그 사람의 평가는 나의 전부가 아니다.

내 마음이 좋다고 하는 길

사람들에게 인기가 많은 직업이나 회사는 인기가 많은 이유가 분명히 있다. 연봉이 높거나 일이 재미있거나 노후가 보장되어 있거나 명예롭거나 하는 등의 이유일 것이다. 하지만 많은 사람이 좋아한다 해도 막상 내가 해보면 안 좋을 수도 있다.

어렵게 공무원 시험을 준비하고 합격까지 했는데 공무원을 그만두는 사람도 있고, 열심히 스펙을 쌓아서 대기업에 들어갔는데 딱 일 년 채우고 나오는 사람도 있다. 남들이 좋다고 하니까 왠지 나에게도 좋을 것 같아서 들어갔는데, 막상 내가 겪으니 좋지 않았던 것이다.

지구에 100명이 살고 있다고 가정했을 때, 100명 중 99명이 좋다고 해도 나 한 명이 별로라고 느끼면 그건 별로인 것이다. 나에겐 내가 느끼는 감정이 전부이기 때문이다.

그러니 남들이 좋다고 하는 길을 따라가지 말고

내 마음이 좋다고 하는 길을 가자.

하루 이틀 일하고 그만둘 게 아니니까.

나의 일 년을, 어쩌면 내 평생을 함께할 일이다.

가슴이 뛰는 선택을 하자.

그래야 즐거울 테니까.

돈을 벌고 싶은 걸까 꿈을 꾸고 싶은 걸까

유명 아이돌 노래에 내 글을 담아보고 싶어서 작사 학원을 다닌 적이 있다. 대중가요를 워낙 좋아하기도 했고, 그동안 써온 글과 다른 느낌의 글을 쓰고 싶은 욕심도 있었다. 그때부터 작사가는 내 꿈이 되었다.

작사 학원의 수료 과정은 초급반, 중급반, 고급반 순서대로 진행되었다. 초급반에서는 작사를 하기 위한 아주 기초적인 형식이나 규칙을 배웠고, 중급반에서는 기본을 지키면서 자신의 색을 입히는 법을 배웠다. 마지막으로 고급반에서는 실제로 의뢰가 들어온 곡에 가사를 입혀 작사가 데뷔를 준비했다.

초급반 수업을 들을 땐 마냥 재밌었다. 내가 궁금해했던 분야를 탐색하며 완전히 날것의 데모곡도 들어볼 수 있었으니까. 다른 일을 제쳐두고 작사에만 매달렸다.

그런데 공부를 시작한 지 석 달쯤 지나니까 수지 타산이 맞는지 자꾸 따지게 되었다. 저렴하다고 말할 수 없는 강의료, 평일의 휴식 시간 반납, 황금 같은 주말 반납. 이 모든 걸 감내하고 몇 달을 투자했는데 내가 투자한 만큼 되돌려 받지 못할까 봐 두려운 마음이 커졌다.

분명히 처음에는 바라보기만 해도 행복했던 꿈이었는데 왜 어느 순간부터 나를 불안하게 만드는 존재가 된 걸까.

그 답은 '애매하게 줄타기를 하고 있어서'였다.

작사가들이 텔레비전에 나와서 자신의 수입을 이야기하는 것을 종종 볼 수 있을 것이다. 저작권 수입이 상당하다는 이야기 말이다. 아주 어렸을 때부터 대중가요를 좋아했지만 작사를 해보고 싶다는 마음을 가지지 못했는데, 언제부턴가 작사를 해보고 싶다는 마음이 스멀스멀 찾아왔던 이유가 텔레비전에서 본 그런 인터뷰 때문이었다는 걸 문득 깨달았다.

그런데 작사 공부를 시작하고 노하우를 얻기 위해 이것저 것 검색을 하다가 내가 알던 것과는 다른 이야기를 하는 어떤 작사가의 Q&A를 본 후로 생각이 많아졌다. 인기곡을 포함해 3~4년 동안 50곡 정도 쓴 작사가였는데 그 작사가의 수입이 갓 대학을 졸업한 사회 초년생의 월급 정도라는 답변을 보고 충격을 받았다.

이름을 들으면 알 만한 작사가인 데다가 작품을 보면 대부분 인기 있는 아이돌의 곡인데, 생각했던 것만큼의 수입이 아닌 걸 알게 되자 그때부터 이 일을 계속하는 게 나에게 이익이 될지 손해가 될지 따져보기 시작한 것이다.

내 불안함의 원인을 알게 되니 노선을 확실하게 정해야겠다는 생각이 들었다. 고민 끝에 길을 정했다. 다른 건 몰라도 아이돌 작사가만큼은 돈이 아닌 꿈으로 선택하기로.

금전적으로나 시간적으로 조금 손해를 보더라도 꿈이 주는 행복이 더 크니까 '이익'이라고 평가해주기로 했다. 꿈이 가장 먼저이고, 돈은 꿈 뒤에 자연스럽게 따라오는 것이니까.

꿈은 꿈으로서 존재할 때 매력적이고

돈은 돈으로서 존재할 때 탐난다.

그 사이를 아슬아슬하게 줄타기하면

둘 다 흥미를 잃고 질리게 된다.

숫자로 재지 말아야 하는 것

정말로 좋아서 했던 일은

높은 평가를 받지 못하거나

원하는 목표까지 달성하지 못해도

실망하지 않기로 했다.

무언가를 좋아하는 감정은

그 감정 자체만으로도 충분히 가치 있다.

좋아하는 마음이 생긴 것 자체로

이미 소중한 경험을 선물받은 것이다.

그러니 내가 진심을 다했던 일은

숫자로 재지 말자.

짊어질 수 있을 만큼만 짊어져도 괜찮아

긴 해외여행을 끝내고 돌아오는 길이었다. 여행 기간이 길었기에 캐리어도 크고 무거웠다. 환승을 하려는데 눈앞에 계단이 보였다. 20킬로그램 가까이 되는 캐리어를 들고 계단을 오르려니 막막했지만, 지하철을 타야 하니 어쩔 수 없었다. 낑낑거리며 세 칸쯤 올라가다 쉬고, 두 칸쯤 올라가다 쉬고를 반복했다.

평소 같았으면 15초면 올라갔을 계단인데 무거운 캐리어를 들고 올라가려고 하니 시간이 느리게 가는 것 같았다. 이미 지하철 하나는 눈앞에서 놓친 상태였다. 그 순간 후회가 들었다.

'내가 들 수 있을 만큼만 챙겨서 올걸.'

뒷일을 생각하지 못하고 이것저것 캐리어에 눌러 담았던 스스로가 바보 같았다.

인생도 마찬가지인 것 같다. 내가 짊어질 수 있을 만큼만 짊어지는 것이 지혜롭게 사는 방법이다. 내가 감당하지 못할 만큼의 일, 인간관계, 계획을 욕심내면 잘 살아보자고 시작한 일들이 도리어 나를 못살게 만든다.

감당할 수 있는 삶을 살자.

여러 욕심들 때문에 일부러 무겁게 짐을 지고 있다가는

허리만 상하게 되니까.

추억은 평생 갑니다

어렸을 때는 살기 바빠서 추억을 만드는 데 소홀했었다. 하루하루 사는 것도 힘들어죽겠는데, 여행이나 취미는 그때의 나에게는 사치였다. 성인이 되고 취업을 한 후 꼬박꼬박 월급을 받으며 여유가 생겼을 때, 그때서부터야 여행을 가고 취미 생활도 가지기 시작했다.

그런데 그때부터 힘든 순간이 찾아오면, 가장 먼저 '사진'을 꺼내 보게 되었다. 그전까지의 내 하루는 집에서 텔레비전을 보거나 일하는 것뿐이어서 딱히 들여다볼 사진도 없었는데, 취미가 생긴 뒤부터는 사진이 남았다. 삶이 무료해지거나 일이 힘들 때면 그 사진을 꺼내 보기 시작했다.

여행 가서 찍은 사진을 보며 환하게 웃던 그때의 나를 떠올리고, 소소한 취미지만 내 손으로 만들어낸 것을 보며 뿌듯해하기도 했다. 그러면서 다시 일어날 에너지를 얻었다.

추억이 사치라고 생각했던 스스로를 반성했다. 힘들고 지칠 때 나를 버티게 해준 건 추억이었으니까. 일이 잘 풀리지 않을 때, 가족과 친구의 따뜻한 위로도 힘이 되었지만 결정적으로 나를 다시 움직이게 한 것은 순간순간의 추억이었다.

거창하지 않아도 된다. 혼자 노래방에 가서 한 시간 동안 노래를 부른다거나 우리 동네의 숨은 맛집을 찾아본다거나 핸드폰으로 하늘 사진을 찍어서 모은다거나 하는 것도 다 추억이라면 추억이다.

남들에게 보이기 위한 게 아니라 오롯이 내가 추억할 수 있는 것이면 된다.

그러니 부지런히 추억을 남겨두자. 추억은 평생 간다. 나를 살아가게 하는 소중한 기억들이다.

나의 내일을 존재하게 만드는 건

문득 떠올렸을 때

옅은 미소를 머금게 하는 것.

무례의 기준

　여자 네 명이 뭉친 자리였다. 그 자리에 있던 네 명 모두 연애를 하고 있어서 이야기의 주제가 자꾸 연애로 흘러갔다. 그러던 중 한 친구가 나에게 "너는 지금 남자친구랑 결혼할 생각 있어?"라고 물었다. 그래서 "사실 나는 결혼이 좀 두려운데 남자친구는 결혼을 원해. 나는 조금 더 천천히 생각했으면 좋겠는데"라고 솔직하게 대답했다.

　그 순간 친구의 표정이 급격히 어두워지면서 상처받은 얼굴이 되어가고 있었다. 내가 왜 그러냐고 물었더니 "나는 내 남자친구랑 결혼이 하고 싶은데 남자친구는 자꾸 뒤로 미뤄. 아직은 때가 아닌 것 같대. 나만 간절하고 급한 것 같아서 자존심이 좀 상하더라. 근데 네 남자친구는 너랑 결혼을 하고 싶어 하니 그게 좀 부럽다"라며 속상한 마음을 비쳤다.

내가 꺼낸 말이 남자친구가 자신에게 갖고 있는 생각처럼 느껴져서 더 아팠다는 말이었다.

결혼을 생각해야만 하는 내 마음이 불편해서 꺼낸 얘기였다. 자랑은 단 1퍼센트도 담기지 않은 진지한 고민거리였다. 하지만 친구는 그런 내 모습을 보고 마음 아파했다.

그 상황을 겪은 뒤 깨달았다.
'사람은 의도치 않게 서로에게 상처를 주며 살아가는구나.'
'나도 모르게 상처를 줄 수도 있는 거구나.'

그걸 안 뒤부터는 누군가가 나에게 말로 상처를 줘도 조금은 너그럽게 받아줄 수 있게 되었다. 나에게는 상처가 되었더라도 그 사람은 모르고 한 말일 수도 있다는 생각 덕분이었다.

사람마다 무례의 기준이 다르고, 기본 상식의 범위가 다르고, 자라온 집안 문화가 다르고, 상처받는 영역이 다르니까.

　　우리는 의도와 상관없이 상처를 주고받으며 살아가니까.

알게 모르게 상처를 주고

알게 모르게 상처를 받고

때로는 미안해하고

때로는 화내며

사람이 사람에게 배우면서 자란다.

그러니 내가 사과해야 하는 사람도

반대로 내가 사과받아야 하는 사람도

모두 감사한 존재가 아닐까.

나는 그 자리에 머물러 있지 않다

어제의 나와 오늘의 나는 별 차이 없을지 몰라도 일 년 전의 나와 오늘의 나는 조금 다르다.

또, 3년 전의 나와 오늘의 나는 더 다를 것이고 5년 전의 나와 오늘의 나는 더 많이 다를 것이다.

인생이란 잘게 쪼개서 보면 큰 변화가 없는 것 같지만 덩어리로 크게 나눠서 보면 분명히 달라져 있다. 달라지는 과정 속에 무수한 선택이 있었고 그로 인한 결과도 있었다.

그 결과가 좋았든 나빴든 그 속에서 배운 것이 있고 이를 통해 나의 세계는 넓어졌다. 한 번에 확 넓어진 게 아니라 조금씩 조금씩 넓어져서 마음에 크게 와닿지 않는 것뿐이다.

나는 그 자리에 머물러 있지 않다.

꾸준히 나아가고 있다.

그러니 스스로를 몰아붙이지 말자.

굳은살

나는 나의 굳은살을 사랑한다.

만져질 때마다 거슬리고
보기에도 흉하지만
내 삶이 곳곳에 닿은 흔적이므로
애써 잘라내거나 감추지 않을 것이다.

보기 좋고 아름다운 것만
사랑하지 않을 것이다.

그 어떤 형태이든 전부 내 것이기에
따뜻한 시선으로 아껴주고 싶다.

사랑만 받으며 살 수는 없는 거겠죠

내가 모두를 좋아하지 않는 것처럼 나 또한 모두에게 사랑받을 수 없다는 것을 잘 안다. 하지만 그래도 사랑만 받고 싶은 게 사람 마음 아닐까. 미움받는 건 남의 나라 이야기가 되어버렸으면 좋겠다.

누군가는 그렇게 말한다.
"네가 잘못했으니까 그 사람이 싫어하겠지."
변명 아닌 변명을 하자면, 나는 매 순간 최선을 다했다.
나는 그저 나답게 행동했을 뿐이다.

그런 내가 누군가의 마음에는 안 들었을 수도 있다. 그렇지만 그건 그 사람과 내가 달라서지 내가 틀려서가 아니다.

그런데 맨날 나보고 틀렸다고 말하는 사람들과 마주할 때면 내 안의 사랑이 다 빠져나가는 느낌이 든다.

내가 숨만 쉬어도

잘하고 있다고 말해주는 사람이 있었으면 좋겠다.

그러면 버거운 지금이 좀 나아질 것 같은데.

우리에게 다음이 없을 수도 있음을 안다면

꽤 오래 사귀었음에도 나에게 화 한 번 내지 않던 사람이 있었다. 그 사람이 화내는 모습을 보고 싶어서 일부러 화가 나게끔 상황을 만들어도 그저 웃어넘길 뿐이었다.

그에게 물었다. 화를 내야 당연한 건데 왜 화를 내지 않느냐고. 그의 대답은 간단했다.

"마지막일 수 있으니까. 내가 화내는 모습이 네가 기억하는 내 마지막 모습이 되어버리면 너무 후회될 것 같아서."

그 사람 안에 화가 없어서 화를 내지 않는 게 아니라 오늘이 마지막인 것처럼 나를 사랑했기에 화를 내지 않았던 것이었다. 담백하게 말한 대답이었지만 그 문장들은 나에게 큰 울림을 주었다.

'다음이 없다는 걸 아는 사람'과 사랑을 하면 좋겠다. 그리고 다음이 없다는 걸 알고 누군가를 사랑했으면 좋겠다. 그러면 서로를 더 소중하게 여길 것이고, 사소한 일에도 고맙다고 말할 것이며, 별것 아닌 순간에도 즐거워할 것이다.

정말로 오늘을 마지막이라고 여긴다면 사랑만을 말할 테니까. 서운함, 억울함, 속상함, 화남보다는 사랑이 먼저일 테니까. 그러면 오래오래 예쁜 사랑을 할 수 있지 않을까.

다음이 없을 수도 있음을 안다면,

계속 다음이 있지 않을까.

나를 지켜주는 의미

　은반지 하나를 선물받았다. 브랜드가 있는 반지도 아니고 직접 만든 반지도 아닌 길거리에서 파는 3만 원짜리 반지였다. 친구가 반지를 건네면서 반지 가운데에 박혀 있는 원석에 대해 설명해줬다.

　그 원석은 공작석이었는데, 나쁜 기운을 튕겨내는 원석으로 알려져 보호 부적으로 사용된다고 했다. 나에게 나쁜 일이 일어나지 않기를 바라는 마음이 가득 담긴 선물이었다.

공작석에 관한 이야기를 듣기 전까지는 그냥 평범한 은반지로 보였는데, 그 의미를 듣고 나니 값비싼 보석 반지보다 더 값어치 있게 다가왔다. 나의 하루를 지켜줄 것만 같은 든든함이 느껴졌다.

평범한 반지에 이야기를 입혀 의미를 만든 것처럼, 인생도 어떤 이야기를 입히느냐에 따라 그 의미가 달라진다. 평범한 내 삶에도 나만의 이야기를 입혀주는 건 어떨까.

오늘이 나에게 어떤 의미를 주었는지 생각해보자.

'시간이 흘러가니까' '요일이 지나가니까' 하며

그냥 보냈던 하루하루가

문득 특별한 의미로 다가올지 모른다.

불안하지만 불안하지 않다

　세상은 나에게 불안한 존재였다. 내 삶은 그랬다. 잘될 듯
하다가 미끄러지게 만들고, 잘나가는 듯하다가 고꾸라지게
만들었다. 갑자기 행운이 찾아오면 기뻐하기보다는 '여기에
는 또 무슨 함정이 있으려나' 하며 의심부터 했다.

　하지만 너만은 달랐다. 너는 내가 하고 싶은 것을 하고 싶
은 때에 할 수 있도록 타이밍을 맞춰주는 사람이었다. 다른
것에 나를 미루지도 않고 다른 사람을 곁눈질하지도 않고
다른 미래를 그리지도 않았다. 너의 세상은 오로지 '나'였다.

여전히 세상은 나에게 불안한 존재다. 한창 고민 많을 사춘기 청소년도 아닌데 내가 하고 있는 이 일이 맞는 건지, 인간관계는 왜 이렇게 복잡한 건지, 이 선택이 옳은 건지. 물음표를 한가득 안겨준다.

하지만 내 곁에 네가 있기에 이토록 불안한 세상에서 나에게도 울타리가 있음을 느끼며 안정감을 되찾는다.

그래서 너와 함께라면

나는 불안하지만 불안하지 않다.

결국 우리는 사랑하고 있다

지금 무엇보다 가장 중요한 건,
'우리가 사랑하고 있다는 것'이다.

서로의 행동이 마음에 안 들어서 엄청 심하게 다퉜어도
결국 우리는 지금 사랑하고 있다는 것이다.

서로의 상황이 어렵고 마음에 여유가 없어서
하루에 수십 번씩 그만두고 싶은 생각이 들어도,
아직도 우리는 많이 사랑하고 있다.

힘든 순간이 찾아올 때마다 꼭 떠올려야 하는 문장들.
'아직도 우리는 사랑하고 있다.'

'결국 우리는 사랑하고 있다.'

우리를 버티게 하는 것은 사랑이라는 걸
잊지 말아야 한다.

그냥 좋으니까 좋아

그냥 좋으니까 좋아

초판 1쇄 발행 2020년 12월 7일 **초판 9쇄 발행** 2024년 9월 3일

지은이 조유미
펴낸이 최순영

출판2 본부장 박태근
스토리 독자 팀장 김소연
편집 이은정
디자인 urbook

펴낸곳 ㈜위즈덤하우스 **출판등록** 2000년 5월 23일 제13-1071호
주소 서울특별시 마포구 양화로 19 합정오피스빌딩 17층
전화 02) 2179-5600 **홈페이지** www.wisdomhouse.co.kr

ⓒ 조유미, 2020

ISBN 979-11-91119-84-8 03810